光文社文庫

文庫書下ろし／長編時代小説

春風捕物帖

岡本さとる

光　文　社

目次

春風捕物帖

第一章　きつね

一

昨夜から降り始めた雨は、翌日の昼過ぎになって滝のように地面を叩きつけていた。

「こいつは堪らねえや。ちょいと雨宿りするか……」

両国広小路を行く春野風太郎は、手先の喜六と小者の竹造に告げると、傍らの甘酒屋へ駆け込んだ。

今は、市中見廻りの最中であった。

日頃は南町奉行所の定町廻り同心として、髪は小銀杏に結い、着流しに黒紋付の巻羽織姿。帯は献上、足許は紺足袋に雪駄ばきで颯爽と道行く風太郎であるが、こんな大雨の日はどうもいけない。

九月の初めのこととて、寒さに凍えはせぬものの、着物は濡れそぼっていて気持ちが悪かった。

店に入ると羽織の水気を払い、小上がりの框に腰をかけ、小女が運んでくれた素焼の火鉢を足許に置いて乾かし始めた。

こんなことなら、初めから桐油紙の合羽を羽織り、一文字笠を被ればよいというものだが、それらは未だに竹造に持たせたままであった。

歳は三十二で独り身。きりりとした目は鋭いが、顔立ちはふっくらとしていて、両端の切れ上がった口許にはえも言われぬ愛敬がある風太郎である。

町の者からは男女を問わず人気があるため、笠に合羽など、そんな野暮な姿を人前に晒したくはないのだ。

こういうと、春野風太郎という男が、恰好ばかりに囚われた気障な役人に映るが、そうではない。

もて男でありたいというのは確かであるが、定町廻り同心は町の者達から親しまれてこその存在だと、風太郎は思っている。

大雨の日に痩せ我慢をして傘一本さして歩いている。そんな馬鹿なところを見せるから、探索の折には誰もが緊張せずに情報を提供してくれるのだ——。

実際、春野風太郎は、咎人(とがにん)の探索において、何度も手柄を立てている。

この日も、風太郎の姿を目敏(めざと)く見つけた町の男が甘酒屋に飛び込んできて、

「旦那(だんな)！　ちょいとお出まし願えませんか！」

と、事件を告げた。

ちょうど風太郎は、小女が運んでくれた甘酒を飲み始めて、体が温まってきたところであった。

「何でえ、おれがここへ入るのを見てやがったな……」

どうせその辺りで夫婦喧嘩(げんか)でも始めやがったのだろうと、しかめっ面(つら)で、

「何があったっていうんだよう」

甘酒を啜(すす)りながら問うた。

「ちょいと大変なんでさあ。元柳橋(もとやなぎばし)の袂(たもと)に土左衛門(どざえもん)が上がりやした」

「何だと……」

風太郎は甘酒屋を飛び出した。その目は鋭い同心のものとなっていた。

小者の竹造は素早く風太郎に傘を差しかけ、手先の喜六と共に後へと続いた。

元柳橋は、両国広小路からは目と鼻の先だ。

駆けつけるのに幾らも時はかからなかった。

橋の袂には、野次馬達の傘の花が咲いている。

その向こうに、横たわる男の足の裏が覗いていた。

誰かが気を利かしたようで、骸には菰がかけられてあった。

「おう、皆、この雨の中、ご苦労なこったな」

風太郎は野次馬達に声をかけた。

「濡れて風邪などひくんじゃあねえぞ」

野次馬達は、風太郎に気付くと一様に頰笑んで、さっと道をあけた。

やはり春野風太郎――町の者達から慕われているようだ。

風太郎は、ここからほど近い両国橋の橋番所に喜六を走らせ、早速、骸を検分した。

菰をはぎとってみると、若い男であった。

骸を見つけたのは荷船の船頭で、その話によると、川辺に何者かが倒れているので、この雨の中足を滑らせて溺れたのかと思い、引き上げてみれば土左衛門だったという。

それゆえ、川辺に打ち上げられるまで、それほど時は経っていないようだ。遺体の損傷も少なく、着物も体についたままなので、仏の生前の様子が推測出来た。

「歳の頃は二十五、六。着物はお仕着せのようだから、どこかの店の手代ってところだな」

風太郎はそのように見た。

とはいえ水死体であるから、細かく判別するのは難しいが、

「なかなかのやさ男だったようだ。もったいねえ話だな……」

風太郎は溜息をついた。

「てことは、心中の片割れってところですかねえ」

「いや、色恋のもつれから、誰かに殺されて川へ放り込まれたとか」

日頃誰かれなしに軽口を叩く風太郎ゆえに、野次馬達は声高に勝手なことを言い合った。

「くだらねえことを言ってねえで、さあ行った、行った……」

風太郎は、笑いながら野次馬達を見廻して追い払ったが、彼の目は瞬時に一人の女を捉えていた。

今まで野次馬達に紛れて気がつかなかったその女から、何とも妖しげな色香が

漂(ただよ)っていたからである。

傘に隠れて顔はよく見えない。しかし、面長(おもなが)で抜けるように色が白いのは確かだ。

歳の頃はいくつくらいであろうか。さほど若くは見えない。それでも、年増(としま)ならではの風情(ふぜい)があり、肉(しし)おきの豊かな腰や胸が、縞柄(しまがら)の着物の曲線を美しいものにしていた。それでいて手足は小娘のように細くはかない。

——この女、素人(しろうと)じゃあねえな。

風太郎は心の内で呟(つぶや)き、野次馬を見廻しながらしっかりと女の姿を認めていた。

容姿に惹(ひ)かれたばかりではない。

傘から覗く涼しげな目が、食い入るように骸を見ていたのが気にかかったのだ。

——もしや、あの女は仏のことを知っているのでは。

ふとそんなことを頭に浮かべた時、

「旦那！」

喜六の声がした。

両国橋の橋番所から、番人二人を連れて引き返してきたのだ。

「おう、ご苦労だな」

風太郎は彼らを労うと、とにかく骸を橋番所に運ぶよう指図した。

橋番所の者達は、こういう仕事に慣れている。持参した戸板に骸を手際よく乗せると、さっと持ち上げた。

その時、喜六があっと声をあげた。

「旦那、うっかりしておりやした」

「何だいきなり」

喜六、今度は声を潜めて、

「この仏、〝近江屋〟の手代かもしれませんぜ……」

「心当りがあるのかい」

「へい」

「そんなら番所で聞こう」

風太郎はそう言うと再び辺りを見廻したが、散っていく野次馬達の中に、件の女の姿は既になかった。

二

喜六の心当りとはこうだ。

二日前の夜。彼は京橋の南、尾張町に呉服店を構える近江屋から呼び出されて、内々にと相談を受けた。

朝の内に遣いに出た手代の清七が、夕刻を過ぎても帰ってこないというのだ。

近江屋の主・吉兵衛は、清七について含むものがあるように思えた。

「今までこんなことは一度たりともなかっただけに、どうも案じられましてねえ」

いかにも心配そうに俯く様子からは、清七が早まったことをするのではないかという恐れが窺えた。

それでも、

「何人か手配して、方々あたってみましょうか」

と応えると、

「いえ、とにかく今日明日は帰ってくるのを待ってみますので、今は心に留めておいてもらえませんか」

吉兵衛はあまり大事にしたくないのか歯切れが悪かった。

心配の余り御用聞きを呼んで相談したものの、

「もう少し様子を見てからでもよかったかもしれない」

という迷いが出たようだ。

「そうですかい。そんなら、またいつでも声をかけておくんなさい」

喜六は深く問わなかった。あれこれ事情もあるのだろうし、こうして夜に出張ってきたのだ。大店の近江屋が自分を手ぶらで帰すわけもあるまい。適当に受け流しておけばよいのだ。

時折この近江屋から、細々とした相談を受けることはあるが、五十人以上の奉公人がいるので、喜六は清七の顔を覚えていない。探索するのも面倒であった。

「まあそれで、目を光らせておきやしょうと言い置いて帰ったんですがね……」

橋番所の内で、喜六は風太郎にその経緯を報せた。吉兵衛からは一分も心付をもらったこと以外は――。

「なるほど。この仏が近江屋の清七だと、十分考えられるな」

風太郎は橋番所で雨宿りを決めこみつつ、喜六を近江屋へ走らせた。

やがて吉兵衛自らが駕籠をとばして駆けつけてきた。喜六も分乗させてもらっている。

「お騒がせいたしました。はい、確かにこれはうちの清七でございます……」

そして吉兵衛は、骸を検めて清七であると風太郎に伝えた。

「何ということを……」

吉兵衛はがっくりとうなだれていた。

清七は、幼い頃より近江屋の客筋から特に頼まれて吉兵衛が預かり、立派な商人にすべく手塩にかけて育ててきた。言わば息子同然の存在であった。

その勤めぶりは申し分なく、このようなことになるとは夢にも思わなかったという。

「喜六から話は聞いたが、店の内で何か変わったことはなかったか」

風太郎は吉兵衛を番所の隅へと誘い、清七が姿を消した理由について思い当る節があるのではないかと小声で訊ねた。

「悪いようにはせぬゆえ、申してみよ」

「はい……」

吉兵衛は畏まった。先日、喜六を呼び出しながらも伝えずにいたことを、風太郎に見透かされているのがわかったからである。

「実は、三日前に、店の金が十両ばかり合わぬようになりまして……」

吉兵衛は正直に告げた。南町の春野風太郎は、見た目は調子よさそうに見えるが、なかなかに頼りになる旦那だという噂は聞き及んでいた。

近所の鳶頭の紹介で、御用聞きの喜六と誼を通じ日頃ものを頼んできたのは、喜六が風太郎から手札を与えられていると聞いたからである。最早、隠し立ては無用だと思ったのだ。

「なるほど、よおくわかった」

風太郎は、ただそれだけ言葉を返すと、大きく頷いてみせた。

店から消えた十両は、清七が手をつけたもので、それが露見するに及んで、清七は大川橋辺りから身を投げた――。

十中八九そうに違いないが、息子同然とも思ってきたという清七が十両盗んだとは世間に知られたくない。

そういう吉兵衛の想いを呑み込んだ上で風太郎は、

「悪いようにはせぬ」

と、目でものを言ったのである。

吉兵衛はそれを解して、

「何ゆえこのようなことになったのか、どうぞお調べくださりませ」

深々と頭を下げ、この度の不始末をくどくどと詫びたのであった。

それから、吉兵衛は一旦店へと戻り、ようやく雨も止んだ。

風太郎は、小者の竹造を橋番所に残し、喜六と外へ出て、両国橋の袂からすっかり水嵩が増した大川を眺めながら話を整理した。

「旦那、どうするおつもりなんです？」

喜六が問うた。

手先の御用聞きが八丁堀の旦那に対して、随分と遠慮のない物言いであるが、市井に通じているのは自分より喜六の方なのだから、

「務めの間、気がついたことがあれば何でも言ってくんな、おかしな気遣いは無用だ」

と、風太郎はいつも喜六に申し伝えている。

「まあ、近江屋の方では十両の金の件も、役所に届け出るつもりはなかったようだ。清七はこの雨の中、足を滑らせて川へ落ちた……。そんなところにしておい

てやればよいのではないか……」

風太郎は実にのんびりとした口調で応えた。

喜六は少しほっとした顔となり、

「そうしてやってくださいますか」

上目遣い（うわめづか）に風太郎を見た。

「だが、十両の金で大川へ身を投げるとは、哀れな奴だな」

風太郎はやれやれとした表情で言った。

「まったくで。正直に言えば近江屋の旦那も内済（ないさい）にしてくれたはずなのに……」

「許してもらったとて、生きていくのが辛（つら）くなったのかもしれねえな」

「と、仰（おつしや）いますと……」

「女に入れあげたあげく、金の切れ目が縁の切れ目と、愛想尽（あいそづ）かしをされた。そんなところじゃあねえのかな」

吉兵衛が息子同然に育ててきたというくらいであるから、これまで清七はさほど苦労せずにやってこられたと思われる。

勤めぶりも申し分なかったというから、吉兵衛もさぞかしかわいがったことであろう。

そんな若い男が女に騙されると性質が悪い。

大きな苦労がない分打たれ弱いし、真面目なだけに、店の金に手をつけたことへの罪の想いが激しく募る。

とどのつまりが思いつめて首を縊るか、身投げをするか——。

清七もその類であったと風太郎は確信していた。

「まず、そんなところでしょうねえ……」

そのような事件は何度も見てきた喜六ゆえに、風太郎の言う通りだと思うものの、

「だが、あっしにはどうもわかりやせん」

喜六は首を傾げた。

「何がわからねえ？」

風太郎は、ちょっとからかうように言った。

「近江屋の旦那の話を聞いていると、清七は決して馬鹿な野郎じゃあありません」

「うむ、むしろ利口な男だったんだろうな」

「それが、あっさりと女に騙されちまうなんて……。だいたい、世間の男達は何

かというと女に入れあげちまうが、傍で見ていると、その相手ときたら大抵くだらねえ女ときてる。店の金に手をつける前に、ちょいと女を見直すくれえの智恵が、どうして湧いてこねえんでしょうねえ」

「ふふふ、そいつはお前の言う通りだな。色恋に夢中になると、確かに男は女の醜さが見えなくなるもんだ」

風太郎はにこやかに頷いた。

喜六は風太郎より二つ歳下で、彼もまた独り身である。風太郎ほどではないにしろ、浮名を流したこともあった。だが、どうも所帯を持つとなると面倒だと思ってしまうのだ。

「女なんて、ちょっと甘い顔を見せると、男に文句を言うのが当り前のように思いやがる」

それで、親から受け継いだ鉄砲洲の笠屋を乾分二人にまかせながら、喜六は存分に風太郎の用向きを務めているというわけだ。

「だがよう喜六。女の中には、騙されても構わねえから溺れてみてえ、そんなのもいるもんだぜ」

「そうですかねえ。女なんて、皆同じようなもんじゃあねえですか」

「いや、それがいるんだよう、この世のものとも思えねえような好い女が」

「旦那はそんな女にお会いになりやしたかい」

「さあ、それはどうかな」

「何ですかい、それは……」

「ははは……」

軽口を叩いて笑いつつ、風太郎は先程野次馬の中に見かけた妖しげな女を思い出していた。

　この世のものとも思えぬ好い女――。

　それはあの女に当てはまるような。

　風太郎が骸を検分する時に、野次馬達へ気安く声をかけるのは、彼のくだけた性質がそうさせるだけではない。

　そのような場には、事件の鍵を握る者が紛れていることも少なくない。

　それゆえその場を和ませつつ、ごく自然に周囲の者達に目をやり、観察しているのだ。

　その意味においては、降りしきる雨に邪魔をされて、あの女を見失ってしまったのは悔まれた。

女が清七の骸を見つめる様子は、ただの物珍しさからだけではなかった。

——すると、あの女が清七の相手か。

年増女の魔力に魅入(みい)られてしまったというのであろうか。

だが、あのような女が清七を相手にするとも思えない。

風太郎が未だに独り身なのは、喜六のように女房を持つのが面倒だというのではなく、妻帯すると何かと窮屈(きゅうくつ)だと思うからである。

それほどに気儘(きまま)な遊び人の一面を持つ風太郎でさえ、覚えたことのない妖艶(ようえん)さをあの女は醸(かも)していた。

——いや、あれは狐(きつね)かもしれねえ。

風太郎は、ふっと目の前に現れ、またふっといなくなった女のことが、なかなか頭から離れなかった。

そんな風太郎の青々と剃(そ)りあげられた月代(さかやき)に雨の滴(しずく)が落ちてきた。

「また降ってきやがった……」

風太郎は我に返って、

「まず、清七の一件を調べてみるとしよう」

喜六にそう告げると、再び橋番所の中へと消えていった。

三

雨は降ったり止んだりを繰り返して、三日目にはすっかりとあがった。

秋雨も終ったようだ。これからは過ごしやすい時候となる。

この間に近江屋の手代・清七についての調べはほぼ済んでいた。

やはり春野風太郎が見た通り、清七には熱をあげていた女がいた。

芝口一丁目で乾物問屋を営む、惣兵衛という男の話によると、愛宕下にある〝玉山〟という矢場の女・きつであったという。

惣兵衛は、いつも鼻の頭に汗が浮いている、脂ぎった中年男である。口許に漂う好色そうな笑みを見てもわかるように、女遊びには目がなく、執心の女に買ってやる着物を近江屋で調達するうちに清七とは親しくなった。

日頃真面目な清七を見て、

「商人というものは、遊びを知らないといけませんよ」

とばかりに矢場へ連れていったのが、きつとの馴れ初めになった。

矢場女は射的に来た客の世話をするものだが、客の求めに応じて春をひさぐ遊女が多かった。

この〝玉山〟にいる女達もその口で、客と向かい合って座る矢取り女が、片膝を立てて弓矢を渡すうちに、客の方はちらちらと見え隠れする白い脛に堪らなくなるというわけだ。

矢場では酒を出していないので、客は店に断りいくらか花代を払って外へ連れ出す。

矢場の主は仁助という抜け目のない男で、矢場からほど近い車坂町に、出合い茶屋を兼ねた料理屋を女房にさせている。

矢場女達はそこへ客を連れていくというわけだ。

清七はきつに誘われてこの料理屋へと入り、そこからは女の手練手管にはまってしまったようだ。

「いや、清七さんは遊び心のない人でしたから。たまにはこんなところにも行った方が、呉服屋という商売柄よいだろうと思いましてね……」

惣兵衛は、彼を訪ねた喜六に、薄くなった髷を撫で汗をかきつつ伝えたものだ。

遊び心のない者に、これも修業の内だと女の味を覚えさせ、かえっておかしな方へと行かせてしまった――。

風太郎が何度も見てきた光景である。

惣兵衛は好意でしたことであろうが、連れていく相手を間違えたと言える。苦界に落ちた遊女達にしてみれば、客に惚れたと嘘をつくのも仕方のないことだ。所詮、遊里では騙された清七の方が馬鹿なのである。きつという女など打ち捨てておけばよいと思ったのだが、

――とはいえ、どんな女か見てみたい。

そんな想いが風太郎の心を揺さぶった。

そしてこの日、風太郎は奉行所へ出仕する前にふらりと愛宕下へと出かけたのであった。

喜六には、奉行所での用が済む頃に来るよう伝えておいたので、今は小者の竹造一人が、御用箱が入った風呂敷包みを背負ってついてくる。

七年前に八丁堀同心であった父が亡くなり、跡を追うように母も亡くなった。それ以降はこの竹造と、四十前になる若党の大庭仙十郎と組屋敷に暮らす風太郎であった。

二人とも親の代から仕えているのだが、あれこれ騒がず何事も黙々と務めてくれるので、風太郎は助かっている。

京橋から芝口橋へ向かい、これを渡ると大名小路を抜けて愛宕下の広小路へ。

爽やかな風に吹かれてやって来ると、

「春の旦さん……」

通りに出たところで呼び止められた。

上方訛の強いその声の主は若い男だ。

「何でえ礼次かい」

若い男は礼次という上方下りの小間物屋である。若いといっても三十に手が届く歳だそうだが、ここ数年見かけがまったく変わらないのは大したものである。

小間物屋ではあるが、色白の二枚目であれこれ気転が利くので、この界隈では人気者である。近頃では本業以外の小廻りの用を頼まれることも多い。

「上方の粋より、お江戸の粋の方がわての性分に合うております」

それで江戸へ下ってきたというわけだが、それでも上方訛が抜けぬところがおもしろい。

〝春野の旦さん〟とは呼び辛いので〝春の旦さん〟と呼ぶことを許されるほど、礼次は風太郎を慕っていて、このところは風太郎も礼次を喜六の次に情報源としているのだ。

それでも礼次を手先として連れ歩かないのは、

「あの男を連れて歩いたら、おれが女にもてなくなる……」

という理由らしい。

「何ぞ御用の筋でおますか」

礼次はちょっと浮き浮きとして訊ねてきた。

「うむ、好いところでお前に会ったよ。〝玉山〟という矢場を探しているのだが
……」

「それでおましたらご案内いたします」

礼次は畏まってみせる。

「さすがに何でもよく知っているな」

風太郎は小さく笑うと、竹造をその場に待たせて礼次の案内で〝玉山〟へと向
かった。

「礼次、お前、〝玉山〟に出入りしているのかい」

「へえ、姉さん方に呼ばれて行商に……」

「矢場女にまでもてるとは大したもんだ」

「大したことはおまへん」

「そんなら、きつという女を知っていよう」

「きつ、でおますか……。へえ、よう知っておりまっけど、いよいよあの女、何ぞやらかしましたか」

礼次は道々風太郎の話に耳を傾け、好奇の目を向けた。

「ふふふ、その口ぶりでは、一筋縄ではいかぬ女のようだな」

「へえ、それはもう……」

「まず話を聞かせろ」

立ち話も何だと、風太郎は礼次を愛宕権現の惣門前に出ている掛茶屋へと連れていき、清七の一件をかいつまんで話してやった。

礼次は唸り声をあげて、

「それは知りまへんでした。これはわたしとしたことが不覚でおました。そうでございますか、そんなことがおましたんか……」

苦い顔をした。

礼次の話によると、きつは〝玉山〟では売れっ子の矢場女であるそうな。

〝きつ〟は〝橘〟の字を当てる源氏名で、過去のことはまったく謎であるが、この女の場合は苦界に身を落としたというより、苦界に光明を見出さんと、自ら飛び込んだようだ。

持って生まれた悪性の女で、己が容姿の魅力を熟知していて、今、男が自分をどんな目で見ているのかを瞬時に察する努力を惜しまず、表情ひとつの変化で虜にしてしまうのだ。

そんな女にかかれば、清七のような女に疎いやさ男など、手玉に取るのはわけもなかったであろう。

そしてこの女は、巧みに男から金を吸い取ってしまう。己が哀しい身の上を語り、清七からも次々と金を貢がせたようだ。清七はそれによって、きつが自由の身になれるのだと思い込んでしまったのに違いない。

それでもきつはというと、

「かわいい兄さんが、せっせと貢いでくれるんだが、小銭ばかりでいけないよ」

などと、周囲の者に漏らしては笑っていて、その声は礼次にも届いていたのだ。

「かわいい兄さん……。今思うと、それが清七という手代でおましたのやな」

礼次は低い声で言うと腕組みをした。

きつは清七を心の内で嘲笑いつつも、一方では、

「もうわたしはお前から片時も離れたくないよ。早くわたしを請け出しておくれ

な」

などと耳許に甘い言葉を囁いていたのだ。小銭ばかりといっても、度重なれば大金となる。それがいつしか、近江屋から消えた十両に繋がった――。

「あの女は、〝きつ〟の下に〝ね〟の字を入れた方が似合でおます」

礼次は話すうちに、きつに対して大きな憤りを覚えていた。

おかしなところで正義に燃える。そこが礼次の憎めぬところで、この男を、女達の間を泳いで廻る嫌みな小間物屋に思わせないのである。

風太郎はそれでも礼次をからかいたくなり、

「だが礼次、お前はきつが嫌な女とわかりつつ、なかなかよろしくやっているようじゃあねえか。そうでなけりゃあ、そこまで詳しくきつのことを知るわけがねえや」

と、探るような目を向けた。

「とは言っても、お前がきつに入れあげているとは思えねえがなあ……」

「当り前でおます。この礼次はそんな素人やおまへん」

「そんなら、きつがお前に執心しているってところかい」

「まあそんなところでおますな」

「抜け抜けと吐かしやがる」

「男を毒牙にかける不埒な女を、その内にえらい目に遭わせてやろう、そない思ております」

「なるほど、狐を化かしてやろうてのかい。お前は大した色事師だ」

風太郎はからからと笑った。

その時であった。

「旦さん、あれがその女狐でおます」

俄に礼次が広小路を指さした。

通りの北から一人の女が歩いてくるのが見えた。客を送った帰りの矢場女のようだ。

「あれが、きつか……」

確かになかなか好い女である。滝縞模様の袷に黒襟を付け、地味めに装いつつも、むっちりと肉付きの好い体からは艶やかな色香が溢れ出ていた。細面の顔には切れ長の目が妖しく潤んでいて、いかにも男好きのする面相といえる。

しかし、礼次の話を聞くうちに高まってきた女への興味が、風太郎の胸の内で急速に冷めていった。あの雨の日に、清七の骸を見つめていた謎の女を見かけた時の衝撃からはほど遠かったからだ。

まさかあの女がきつだとは思わなかったが、今、惣門の前を通り過ぎた矢場の女ならば、その辺りに何人もいるであろう。

風太郎の落胆を見て取って、

「まあ、しょうむない女でございます」

礼次は呟くように言った。

きつは、風太郎と礼次の方へは目もくれず、やがて惣門の南側数軒先の小屋へと入っていった。そこが〝玉山〟という矢場らしい。

「清七も、あれくらいの女のために命を落すとは浮かばれぬな」

風太郎は立ち上がって女を見送ると嘆息した。

「世間の男達は何かというと女に入れあげちまうが、傍で見ていると、その相手ときたら大抵くだらねえ女ときてる……」

喜六の嘆きが聞こえてきそうであった。

「旦さん、〝玉山〟には寄っていきはりますか」

「いや、お前のお蔭で大よそのところはわかった。もう寄るまでもねえだろう」

「そうだすか……、きつに会うて一言叱ってやればよろしおますのに……」

そもそも今度の一件はきつが起こしたようなものではないかと、礼次は少し不満げな表情を浮かべた。

だが、風太郎が叱りつけたところで、きつはあれこれ妖術を使って言い逃れるであろうし、その相手をするのも面倒であった。

その上に、近江屋への配慮で、この度の清七の死は事故として片付けているのである。

今さら掘り返すような真似はしたくない。

「きつの裁きは、礼次に任せるとしよう」

風太郎はニヤリと笑った。

「お前、その内にきつを、えらい目に遭わしてやるんだろう」

「へえ、それはきっと……」

「そいつを楽しみにしているよ」

「それなら任しておくなはれ」

礼次は整った顔に決意を浮かべ、しっかりと頷いた。

――後で近江屋に、きつのことだけは耳打ちしておいてやるとしよう。

あれから近江屋の主・吉兵衛が、風太郎の組屋敷まで訪ねてきて、

「何卒よしなに……」

と、袱紗に包んだ礼の物を置いて帰った。

このように気を遣われると、こちらも穏便に済ましてやりたくなるのは人情だ。

吉兵衛にきつのことを伝えたとて、

「くれぐれも清七が騙されたと騒ぎ立てるではないぞ。これはあくまでも不慮の死だ。そう思って、この後はこれを戒めとして、家内を確と引き締めるようにな……」

そのように念を押すつもりであったが、

――さて、この先どうなるか。

風太郎は、大きく息を吐くと惣門の方を見た。向こうの鳥居の奥に、胸を突くような石段が続く男坂と、なだらかな女坂が見えた。

――ここでも男と女か。

世には滑稽本が出廻り、おもしろおかしく男と女が描かれる。思い詰めて若者が身を投げるとはよろしくないが、天下泰平、大いに結構である。

「礼次、報せを待っているぜ」

風に羽織をなびかせて、風太郎は矢場に背を向け、またふらりと歩き出した。

四

その翌日。

愛宕下の矢場〝玉山〟に、恰幅（かっぷく）の好い五十絡みの男が、恐しい剣幕（けんまく）で入ってくるや、

「きつという女はいるか！」

と、強い口調で言った。

男は、近江屋の主・吉兵衛であった。

昨日、吉兵衛は南町奉行所定町廻り同心・春野風太郎から、清七ときつのことを聞かされた。

その際、

「怒りに任せて、事を荒立てるではないぞ」

と、念を押されていたのだが、我が子同然に育ててきた手代の清七が哀れな死に方をしたのは、きつに原因があると知っては、やはり黙っていられなかった。

何よりも、清七は近江屋にとっては上客の青物問屋〝津乃屋（つのや）〟の主・清兵衛（せいべえ）か

ら預かったという経緯があるのだ。

津乃屋は神田多町一丁目にある大店で、清兵衛は江戸市中にその名を知られるほどの商人であった。

預かった時は清吉、元服して清七となったのだが、〝清〟の字が付けられたところを見ると、清兵衛とは特別な間柄にあったのかもしれなかった。それゆえ吉兵衛は、理由も問わずに預かって大事にしてきたのだ。

その清七を死なせてしまったとは、津乃屋に対しても立場がない。

清七の死を伝えた時、

「お気になさいますな。貴方のせいではないのですから」

清兵衛は労るように言ってくれたが、日頃は威厳に充ちた大店の主が、一転して悲しみに打ちひしがれていた。

——これで津乃屋さんからの覚えが悪くなれば商いにかかわる。

考えるに憎いのは、きつという女ではないか。

気がつくと、吉兵衛は店を飛び出し、愛宕下へと向かっていたというわけだ。

ちょうどその時、まだ矢場には客がきておらず、きつは拵え場にいて一服していた。それで矢場の主である仁助が応対に出て、まず吉兵衛を宥めた。

「これは近江屋の旦那様でございますか。この度は何と申し上げてよいやら……。お悔みにお伺いしようにも、手前共のような者が参りますのはご迷惑と存じまして……」

清七の一件は、御用聞きの喜六からあれこれ問い質されて知っていた。

困ったことになったものの、ただの事故となれば、とばっちりを受けずに済むと思っていたのだが、

「言っておくが、うちの清七が誤って川へ落ちたのは、お前のところのきつの手練手管に振り廻されて気を病んでいたのに違いない。言わば殺されたも同じこと。早うきつをここへ呼べ」

吉兵衛は、店の金に手をつけての身投げであることは一切伏せつつ、仁助にどうしてくれるのだと詰め寄ったのである。

同じ矢場女のおしのが、射的場にいて仕度を始めていたのだが、そっと拵え場に入って、

「おきっちゃん、どうするんだい。小父さん、大変な勢いだよ」

中でふてくされて煙管を使っているきつに囁いた。

「よおく聞こえているさ……。まったく、ちょっと好い男だから相手をしてやっ

たけど、あんなやさ男に構うんじゃあなかったよ」

きつは溜息をつくと、しばらく鏡で自分の顔を眺めていたが、

「そんならおしのさん、その旦那をここへ連れてきておくれな」

「いいのかい」

「あたしが呼んでると言っちゃあいけないよ、小父さんが、飛び込んでくる……、そんな風に持っていってくれるかい」

「ふふふ、いつもの手を使うのかい」

「そんなところさ」

きつはニヤリと笑った。

矢場などで暮らしていると、こんなことは多々あるのだ。おしのは仁助に合図をしに拵え場を出た。

すると、すぐに土間の方から、

「仕方がありませんね。そうしたら、手荒な真似だけはしないでやってくださいまし……」

仁助のとってつけたような声が聞こえてきたかと思うと、

「ごめん！」

拵え場にずかずかと吉兵衛が入ってきた。

ところがその途端、

「こ、これ、何をする……！」

なんと、吉兵衛のうろたえる声が響いた。

勇んで拵え場にいるというきつに会いにきた吉兵衛であったが、そこで目にしたのは、今にも喉を簪で突かんとする女の姿であった。

吉兵衛は、慌ててきつの手から簪を奪い取ろうとして、その細い腕を摑んだ。

「どうぞ、死なせてくださいまし……」

もみ合う内に簪を取り上げられたきつは泣きながら恨めしそうに吉兵衛を見上げた。

その顔は愁いを含み、きつの艶やかさに深みを増していた。

吉兵衛は怒ることも出来ず、息を呑んだ。

「みな、あたしが悪いのでございます。どうぞ清七さんの跡を追って死なせてくださいまし。お願いです。その簪でこの胸を一突きに……」

きつはここぞとばかりに狂乱の体を演じ、胸許をはだけてみせた。

「いきなりお前を突き殺すことなどできるものか……」

思わぬ展開に、吉兵衛はきつを宥めつつも、はだけた胸許からこぼれんばかりである彼女の豊満な胸乳に目が吸い寄せられた。

毅然としてこの女に向かい合おうとするものの、今もみ合った時に自分の頬に触れたきつの頬のしっとりとした肌の温もりが生々しく蘇り、吉兵衛の男の血をたぎらせていたのである。

これでは話にならない。

「馬鹿な真似をするではない。お前が死んだとて清七が生き返るわけでもなし、こちらも迷惑だ」

「迷惑……、左様でございましょうね……」

きつは哀切に充ちた目で吉兵衛を見つめる。

「と、とにかく今日はこのまま帰ろう。だがお前には言いたいことも、訊きたいこともある……。出直すとしよう」

しどろもどろになりながら、吉兵衛は仕方なくその場を引き上げたのであった。

仁助は平身低頭で吉兵衛を送り出すと、拵え場にやってきて、

「また、好い客ができたようだな。しっかりと稼ぐがいいや」

きつの肩をぽんと叩いた。その顔には卑しげな笑みが漂っていた。

ふんと鼻で笑ってみせたきつは、まさしくその名の下に〝ね〟の字をつけるのが似合の女であった。

その数日後、〝玉山〟の仁助の許に近江屋から遣いの者がやってきて、吉兵衛からの言伝てがもたらされた。

先日はろくに話もできぬままに別れたので、仕切り直しをしたい。ついては、矢場でも呉服店でも会うのは憚られるので、どこか話の出来るところをそちらで用意してもらいたい。但し当方は吉兵衛一人で出向き、手荒な真似は一切しない。その席料はこちらで持つ。そちらが同席をする者の選択も委細任せる――。

とのことであった。

早速、仁助は車坂町の女房にさせている料理屋を用意した。

そして、きつ一人を行かせ、その当日は矢場に髪結を呼んでやり、念入りに化粧を施すきつを、

「お前も今日が正念場かもしれないねえ」

と、含み笑いで送り出してやったのだ。

きつはというと、念入りに化粧を施したが、それは派手なものではなく控えめ

で素顔の美しさが出る趣（おもむき）とし、着物もざっぱりと地味めに装って料理屋へと向かった。

一方、近江屋の吉兵衛は、自分から申し出たにも拘（かかわ）らず、その日は朝から落ち着かなかった。

——いったい何のためにあの女と会わなければならないのか。

自分自身への疑問が、どこか後ろめたさを含んで湧き出てきたのである。

それはやはり、清七を死に追いやったきつを叱りつけてやりたい想いと、清七が自分の知らぬところで何か気に病んでいたのであれば、それを聞いて、配慮が足りないことが自分にあったのなら反省もし、清七の御魂（みたま）に詫びてやりたい、その想いからであろう。

清七は我が子同然に育ててきた。親であれば、息子がどんな女に心を奪われていたか、それを知りたくなるのが人情ではないか。しかし、そのことで周囲の者に心配をかけてもいけない。それゆえに、遣いにやった番頭以外には今日のことは知らせていないのだ。

他の者には仕事仲間の寄合（よりあい）があると言ってあった。

とはいうものの、外出（そとで）にあたって大津絵（おおつえ）があしらってある粋な長襦袢（ながじゅばん）に結城（ゆうき）の対(つい)を着ている自分はどこか浮かれている。きつに会いに行くのを楽しんでいるような。

それは吉兵衛の真面目な性分からすると、許しがたい行いなのだが、あの日矢場で見たきつの縋(すが)るような目、豊かな胸乳、甘い香りが五感を刺激して、その真面目を追い払う。

あの女と情を交わしていた清七が、羨(うらや)ましくもあり、妬(ねた)ましくもあった。

——やはり会うのは止めよう。

駕籠が料理屋に着いた時、吉兵衛は大いにためらった。後で番頭を遣いに立てて、店に金を払わせておけばよかろう。そう思ったものの、仁助が指定してきた店の麻暖簾(あさのれん)は目の前にある。

そこを潜れば、きつがいる。

——いや、考えてみれば、きつ一人を寄こせと言ったわけではなかった。同座する者はそちらで選べと伝えてあったのだ。

吉兵衛は思い直した。何となくきつと二人だけで会う様子を思い浮かべていたが、向こうも売り物の女を一人で寄こすわけもない。

付き添う者達とも話をつけねばならないのだ。行かねばなるまい。

女の色香に迷わされてつい考え過ぎたと苦笑いを浮かべ、吉兵衛は店へと入った。

「これはおいでなさいまし、先ほどからお連れさまがお待ちでございます」

迎えに出たのは仁助の女房であろう。ここで客をとっていたきつを〝お連れさま〟とはよく言ったものだが、吉兵衛は女房の少し〝色〟を含んだ声に、再び浮かれた気分となっていた。

通されたのは二階の小座敷であった。

女房が襖(ふすま)を開けると、そこには唯(ただ)一人で座して自分を見上げるきつがいた。

その目はあの日と同じく愁いを含み、物哀しげな表情には構ってやりたくなる色香が漂っていた。

女房がすっと襖を閉めた時、吉兵衛の心の張りが萎(な)えた――。

さらに数日後。

密(ひそ)かに愛宕下の矢場〝玉山〟に出向いた吉兵衛は、二十両の金を支払ってきつを請け出した。

清七が惚れ抜いた女を苦界から救い出してやることが、清七への何よりの供養ではないか。

それが吉兵衛の、自分自身に対する言い訳であった。

五

「それにしても、近江屋の旦那も、いい加減な男ですねえ……」

喜六が嘆息した。

その傍らで、竹造がしかつめらしく相槌を打った。

「こんなことになるんじゃあねえかと思ったから、怒りに任せて事を荒立てるなと言ったんだ」

風太郎は祠の濡れ縁に腰をかけ、呆れ顔で笑っている。

その前に畏まり、ちょっとばかり得意げな表情を浮かべているのは礼次であった。

四人は今、茅場町薬師堂の内にある山王御旅所の裏手にいる。

市中見廻りに出た春野風太郎を、大番屋前で認めた礼次が呼び止めて、その後のいきさつの報告をしたのである。

さすがに、きつを裁いてやると意気込む礼次である。その後の細かい事情までよく知っていた。

「清七が惚れ抜いた女を苦界から救い出してやる。それが亡き清七への供養……か」

失笑する風太郎に、

「寝惚(ねぼ)けたことをぬかしてますわ。それでいて仁助には、店の者には言わんようにと口止めしているとか。ほんまに笑わせてくれまっせ……」

礼次は調子よく報告を続けた。

「まあ、近江屋のおっさんでは、きつのええ鴨(かも)でおますな。矢場に怒鳴り込んだ途端にいかれてしもたというところでおます」

「喉に簪を押し当てて、死なせてくれ、か」

喜六はもう憤っていた。

「そこが喜六親分、あの女の狐たる所以(ゆえん)ですがな」

「それで、きつは今どこにいるんだ」

風太郎が訊ねた。

「深川(ふかがわ)の清住町(きよすみちょう)に、ちょっと洒落(しゃれ)た借家がおまして……」

「そこを近江屋に借りてもらっているのか」

「へえ、なかなかこざっぱりとしております」

「お前、見てきたのかい」

「呼ばれて家に上がって参りました」

「ほう、そいつは大したもんだな」

「今では近江屋の囲われ者でおます。景気のええところに行商に出向くのが商いというものでござります」

礼次は胸を張ってみせた。

「囲われ者……。近江屋はきつを妾にしたってわけか」

喜六が目を丸くした。

「当り前ですがな。どこぞに女を身請けして、家一軒借りてやって、何にもせん男がおりますねんな」

礼次の言葉に、風太郎は愉快に笑った。

「といっても旦那、親代わりになって面倒を見てきた男の情婦ですぜ。それを手前の妾にするなんて、おかしいとは思いませんか」

喜六はむきになって言った。

「親代わりだからこそ、息子の次はおれに任せておけってわけじゃあねえのかい」

「そいつはねえでしょう」

一同は笑い合った。

「それで、気楽で羽振りの好い囲われ者になったきつは、旦那に隠れて小間物屋の色男といいことをしようと、お前を家に引き入れているってわけかい」

風太郎は、感心しながら、礼次を見た。

「敵はそう思うてるかもわかりまへんけど、この小間物屋礼次にも意地がおます」

礼次は涼しい顔をして、

「あんなしょうむない女に籠絡(ろうらく)されて堪りますかいな。まあ、わたしがきつの家に出入りしているのは、あくまでもきつを裁くための方便(ほうべん)でおます。あの近江屋のおっさんもついでに裁いてやるつもりですよってに、まずこの先がどないなるか、楽しみに見ていておくなはれ。ほなさいなら、ごめんやす……」

饒舌(じょうぜつ)に語ると、恭(うやうや)しく頭を下げてどこかへ去っていった。

「礼次もおかしな野郎ですねえ。一人で勝手に動き廻ってやがる……」

喜六はおめでたい奴だと呆れ顔で見送ったが、

「おれは結構、奴の裁きを楽しみにしているのさ」

風太郎は楽しそうに歩き始めた。

喜六と竹造がこれに従う。

こうして市中を見廻る内にも、さして表沙汰にはならないが、方々で男と女の小競り合いが続いているのであろう。

どうしてあんな男に惚れたのか。

どうしてあんな女に入れあげたのか。

周囲の者はただ呆れて笑うだけだが、男と女のことは、情を交わした本人同士でないとわからないものなのだ。

だがえてして男は、抜け殻を抱かされて情を交わしたと思い込むものである。

それが馬鹿らしくもあり、憎めぬところでもある。

「それにしても、〝玉山〟の仁助の奴もひでえもんだ……」

風太郎はやれやれとした表情を浮かべた。

きつの借金は二十両というが、礼次の見たところでは、せいぜいが十両だという。

「まあ、今の近江屋には安い金なのであろうが……」

これが爛熟（らんじゅく）というのであろうか、風太郎の目に迫りくる町の風景は、どれも平和そのものであった。


さて、風太郎と別れ、足取りも軽く町を行く礼次の行き先は深川であった。

永代橋（えいたいばし）を渡り、一ノ鳥居を潜って富岡（とみおか）八幡宮へ。小間物の行商とはいえ、大した荷は背負っていない。品数は少なくとも、客は礼次の顔さえ見れば文句は言わないものだ。

昼下がりの今時分、きつは境内の露店（ろてん）をひやかしながらぶらぶらしている。礼次にはそれがよくわかっていた。

案（あん）の定（じょう）、八幡宮にはきつの姿があった。さすがに呉服屋の主の妾である。いかにも仕立てのよい小袖（こそで）に身を包み、おっとりと頬笑む姿に道行く男達は目を奪われていた。

矢場女のけばけばしさはほどよく抜けて、きつは成熟した女の落ち着きを見せている。

「いい気なもんだぜ……」

きつの美しさを認めつつも、礼次はどうも割り切れなかった。

きつに惚れて入れあげながらも、清七は十両の金で命を落した。それでもきつの体を自分だけの物にもできず、心も摑めなかった。

ところがきつはというと、吉兵衛に落籍(ひか)されて何不自由なく気儘(きまま)な暮らしを送っている。そして美しさを増しているのだ。

「とどのつまりは金がすべてということか」

いや、そうではないと礼次は思う。

「おや、礼さん、来てくれたのかい」

きつも礼次に気付いた。

——富岡八幡宮に来たら、己(おのれ)に会いに来たと思いよる。ほんまに嫌な女やで。

しゃなりしゃなりと寄ってくるきつを見ながら、礼次は心の内でそう呟いていた。

とはいえ、きつに会いに来たのには違いなく、

「へえ、そろそろ御用の頃かと思いまして」

などと、小間物屋の顔で応えた。

「とっくに御用の頃だよう」

きつは睨むように礼次を見つめて、袖を引きつつ妾宅へと誘った。

そこは大川端の瀟洒な仕舞屋であった。二間続きの奥に台所があり、井戸を挟んで小さな離れ屋もある。

先ほど薬師堂で風太郎に言ったように、礼次がこの家に上がるのは初めてではないが、いつもながらに食べ散らかした店屋物の皿が部屋の隅に寄せられている。

それを見るにつけ、吉兵衛が来る時だけ、申し訳程度に部屋の内を片付ける、きつの怠惰な暮らしぶりが窺える。

「御用の方を承っておきましょう」

礼次は小間物屋の口調を崩さず、上がり框に腰かけて言った。

旦那の留守をよいことに、自分相手に遊んでやろうというきつの本心はよくわかっているが、こうしてじらしてやると、きつも素人女の気分で受身の色恋を楽しめるものだと、礼次は図っているのだ。

「御用はまず、あたしのお酒の相手をすることさ」

礼次の想い通り、きつははしゃぎながら冷や酒の入った片口を用意して、うっとりと礼次の目許を見つめてきた。

とろんとしたきつの目には吸い寄せられるような妖しい魅力が溢れていた。さすがの礼次も、酌をしながら思わず抱き寄せてそれを味わいたくなる衝動にかられる。

きつの方も、男の気持ちがどう動くかはお見通しなのである。

——そやけど、この礼次をその辺の男と同じように思いさらすな。

礼次はきつの視線から目をそらすと、きつが小ぶりの有田焼の茶碗に注いだ酒を飲み干して、

「さあ、お酒は済みました。次の御用を伺いましょう」

またも出入りの小間物屋に戻る。

「御用、御用……、役人みたいに言わないでおくれよ」

きつは拗ねてみせる。

「そんなこと言うたかて、わたしは小間物屋でっさかいに、御用を聞きに伺うております。間男と思われたら困りますがな」

「ふふふ……」

きつは艶然と頬笑んだ。その目はただの間男になってくれたらよいのだとはっきり言っている。

「そんなら、またこの次に来てもらうために、何か注文しようかね」

「おおきにありがとうございます」

「あたしに似合いそうな簪を……」

「おきつさんにお似合いの簪……。胸を突いても血の出んような簪がよろしいのでは」

「馬鹿だねえ……」

二人は笑い合った。

「近江屋の旦那さんは、今でもおきつさんがほんまに死ぬつもりやったと思てはりまんねやろうなあ」

「何をお言いだよ。あの時、あたしは死ぬつもりだったのさ」

「ああ、これはすんまへん……」

「ふふふ、あのお方は好い人さ」

「ええ人？　親代わりやった清七さんの想い人と一つ枕で寝ているのが、ええ人でおますか」

「意地悪を言うんじゃないよ」

きつは軽く礼次の二の腕をつねると、

「近江屋の旦那様は、あたしを地獄から助け出してくださった救いの神さ。神にこの身を捧げるのは当り前じゃないか。でもねえ、あたしは人だ、女だよ。人にも寄り添いたいじゃあないか」

礼次の肩にもたれかかった。

――都合のええことぬかしてけつかる。

礼次は惑わされるものかと心を引き締めた。

大身上の近江屋の主にひとつ勝るものがあるとすれば、たやすく女の色香にのせられぬことだ。そして、それが男の何よりの値打ちだと礼次は思っている。

「近江屋はんには足向けて寝られまへんなあ」

「そうだね……」

「足は向いてまへんけど、お尻が尾張町に向いてまっせ」

「また意地悪を言う」

きつは礼次にからかわれて彼の体から離れると、

「言っておくけどねえ、こんな話を飾らずにできるのは礼さんだけなんだよ……」

今度は目を潤ませながら見つめてきた。見事に空涙が出るものだと感心しながら、

「わかっております。それゆえわたしが身に飾るもんをお届けに上がっているわけで……」

と、礼次はきつを笑わせておいて、

「それにしても、おきつさんお一人では、何かと大変でおますなあ」

散らかった部屋を見廻してつくづくと言った。

「そうなんだよ。おさんどんを一人置きたいとは思っているのだけどね」

きつは悪びれずに嘆いてみせた。

「おさんどん、それはよろしいな。あれこれ家のことなどしていたら老けこみまっせ」

「といってもねえ、旦那が嫌がるかもしれないし、おあつらえ向きなのがいるかどうか……」

「それならちょうどええのがおりまっせ」

礼次は身を乗り出した。

「わたしの知り人が母親を残してころっと逝ってしまいましてね。かわいそうなのは身寄りのない年寄りですがな。今は近所の者に助けられて細々と暮らしてますねんけど、家のことくらいなら一通りはできますし、ほんにおあつらえ向きや」

「そうかい。礼さんがそういうなら役に立ちそうだ」

「人助けやと思て、使(つこ)てやっておくなはれ。おきつさんが頼んだら、旦那はんも嫌とは言いまへんて」

「それはまあ……」

きつはにこやかに頷いた。

婆(ば)ァやの下女を置くくらいなら、奥の離れ屋に住まわせて、飯を食わせてやるくらいで済む。何といっても、煩(わずら)わしい家のことをせずともよいのだ。

「わかったよ。そんなら連れておいでな」

「ほんまでっか」

「礼さんの頼み事だから聞くんだよ」

きつは恩を着せておくことも忘れない。

「おおきにありがとうございます。おきつさんは年寄りを助ける救いの神でおますなあ」

礼次は、きつの手を取って無邪気に喜んだ。

こうされると、きつも嬉しくなる。力強くその手を握り返した。

「そしたら、簪とおさんどんと、すぐにお届けしますよってに少々お待ちを。ごめんやす」

礼次はきつから手を放すと、勢い込んで妾宅を出た。

「ちょっと礼さん……。まったく忙しい人だねえ」

またもすかされた気がしたが、礼次の嬉しそうな顔が目に焼き付いて、きつは心を和ませた。

もう男を手玉に取らずとも、じっくりと色恋を楽しめる身分になったのだ。きつにとって礼次はその内の一人であるのだから、今はまだ無理に引き留めることもない。

しかし、それが礼次の自分への裁きの手始めであることを、さすがのきつとて知る由(よし)もなかったのである。

六

礼次は三日の後に、早速下女を連れてきた。

名をお常(つね)という。

礼次が言うこととてその場で引き受けたものの、よれよれの老婆を連れてきたらどうしようかと一抹の不安を抱えていたきつであったが、一目見て安心した。

いささか腰は曲がっているものの、身なりも継ぎの当っていないこざっぱりとした物を身につけているし、物言いも立居振舞も万事控えめで、いつも俯き加減で目を合わせてこないのも妾宅の下女としては悪くない。

歳は六十の手前であろうか、いずれにしても婆ァさんであるから、幾つでもよかろう。

その日から働いてもらうことにした。

近江屋吉兵衛には寝物語に許しは得てあった。

お常は、きつが囲われ者で、しかも礼次にちょっかいを出そうとしている事情を呑み込んでいるようで、

「ほんにありがたいことでございます。お目障りにならぬようにいたしますので、ご用がございましたら、これでお呼びくださいまし」

床に額をすりつけるように挨拶をしつつ、稲荷の狐形の土鈴を差し出した。

用がある時の他は引っ込んでいるので、何かあれば鈴を鳴らしてくれと言うのである。

「ふふふ、小母さん、こんな物を用意してくれたのかい」
きつは満足であった。
お常はすぐに奥の一間へ引っ込んで、きつを礼次と二人にしてくれたのである。
しかし、せっかくお常が気を利かせたというのに、礼次は持参するはずの簪が
これといった物が見つからなかったので、
「申し訳ござりまへん。すぐにお探しいたしますので、今日のところはまた出直
して参ります……」
と、あたふたと帰ってしまった。
「まあ、こっちは質を取ったからいいとするか……」
きつは早速土鈴を鳴らした。
いざ働かせてみると、お常はこの上もなく便利であった。
朝起きると、もう朝餉の用意は出来ている。
吉兵衛が来る日は、何言わずとも掃除が行き届いていて、突然来たとて酒肴を
あり合わせの物で調えてしまう。
しかも、お常は努めて吉兵衛にも、きつにも顔を合わせぬようにしたから、
「まるで式神がいるようだ」

と、吉兵衛もすっかりと気に入ってしまったのだ。

——さすがは礼さんだ。何事にも気が利いている。

きつはほくそ笑んで、それからしばらくの間上膳据膳の暮らしを楽しんだ。

とはいえ、肝心の礼次は相変わらず特別な簪を求めて方々に出向いているとかで、それからまったく顔を見せないのが不満ではあったが、

「こっちは婆ァさんを質に取っているんだ。そのうち呼び出してやればいいさ」

と、きつはしたり顔であったのだ。

「お前はほんとうに、その名の下に〝ね〟の字をつけたがお似合だ」

矢場〝玉山〟の主・仁助は、きつによくそんな言葉を投げかけてきたものだ。

——ふん、狐になれるのなら本望だよ。

天は自分を人の形をした狐として、この世に送り込んだのかもしれない。

いっそそのように思い込む方が、短い女の一生を過ごすに痛快ではないかとさえ思う。

仁助とて吉兵衛から二十両をふんだくっているが、きつの借金などもうとっくの前に済んでいるのだ。

それでも矢場女を続けたのは、これという金蔓が見つからなかったからである。

──あたしが狐なら、あのおやじは狸じゃあないか。

いずれにせよ、もうあんな腐ったところに戻ることもないのだ。仁助がこの先、生きていようが死んでいようがどうだってよい。

「近頃はご機嫌がよいようで……」

髪結の巳之助が、きつの肩に手を置いて耳許で囁いた。

日頃は吉兵衛の髪を結っているのだが、この日きつは自分のために呼びつけていた。

女たるもの、自分で髪を結うか、女髪結を呼ぶべきではあるが、きつは男の髪結を好んで使っていた。

この巳之助は、男振りにおいては小間物屋の礼次に劣るが、ちょっと苦味走った江戸前の風情があり、きつはそこが気に入っているのだ。

礼次がいなければ、その間はこの巳之助をからかっておけばよい。

「巳之さん、世の中は楽しいことだらけだねえ」

きつはそう言うと、肩にある巳之助の手に自分の手をそっと重ねた。

鏡越しに巳之助の顔が紅潮していた。明らかに動揺しているのがわかる。きつは男が変化する瞬間を見るのが好きであった。時に哀れで馬鹿らしく、時にかわいくてならない。

「また明後日に来ておくれ。その時はゆっくりしていってくれたらいいよ」

きつは意味ありげな頬笑みを向けてから巳之助を帰すと、浴衣から着物に着替えた。

巳之助の歩む足は、今頃しっかりと地には着いていまい。そう思うと笑いが込み上げてきた。

ふと見ると、いつの間にかお常が脱ぎ散らかした浴衣と帯をたたんでいる。

巳之助がいる間は買い物に出て、帰った頃合を見て家へ戻ったのであろう。

――ほんによく気が利くことだ。

きつは感心して、

「あんたを置いて先に死んじまった息子は、親不孝だねえ」

珍しく声をかけてやった。

俯き加減のお常の顔が、姉さん被りの下で笑ったように見えた。

何の気遣いもいらない下女の存在は、きつをさらに美しくしていた。

この日は、矢場で一緒だったおしのと芝居見物に堺町へと出かけることになっていた。

家を出ると爽やかな秋空が広がっている。

堺町まではさのみ遠くない。気候に浮かれてきつはしゃなりと歩く。

時節は文政の御世である。天下泰平を謳歌するがごとく、往来を人が行き通う。

新大橋から浜町河岸へ。嫌というほど男達からの視線を浴びて堺町に着くと、通りはますます賑やかだ。

おびただしく流れゆく物と金——。

その一握りも要らない。一かけらを拾い取るだけで、女一人は楽な暮らしが出来るのだから、物と金を動かす男の傍に寄っていればよい。近くに寄るほど、懐からぼろぼろと金を落してくれるというものだ。

「おいでなさいまし……」

芝居茶屋の女中が、きつを見て飛び出してきた。慣れた手付きで心付を握らせると、きつは茶屋の内へと入った。おしのは既に来ているようだ。

それから十日ばかりが経って、近江屋吉兵衛は商用の旅に出て、しばらく江戸を空けた。

きつにとっては願ってもないことだが、こんな時こそ日参してもらいたい小間物屋の礼次は相変わらず行方が知れない。

退屈さに、きつは友達のおしの家へ、二、三日泊りに行くことにした。

かつては愛宕下の矢場〝玉山〟で共に勤めたおしのも、今では本所の薬種問屋の主に落籍されて、亀戸天満宮門前にすまいを得ていた。

「もしも旦那が早く帰ってくるようなことがあれば報せておくれな」

そう言い置けるお常がいるので、外出もしやすかった。

「承知いたしました」

お常はこんな時も気が利いていて、さっさときつの泊まり仕度を調えると、駕籠を呼んで送り出した。

そして、清住町の妾宅には、お常一人が残った。年寄り一人ではいささか心細かろうに、お常はてきぱきと立ち働き、吉兵衛の来訪に備えた。

すると、きつが出かけた翌日の昼間に、ひょっこりと吉兵衛がやって来た。

近江屋には、まだ三日ばかりかかると報せておいて、ここでゆっくりときつとの逢瀬を楽しもうと思っていたらしい。

五十歳になった今日まで、真面目に商いに取り組んできた吉兵衛であったが、まったくの堅物でもなかった。店の主として、一通りの遊びも知り、付き合いをまっとうしてきた。

しかし、女を囲ってそこへ通うような手間暇のかかることを、自分がするとは思ってもみなかった。しかも、我が子同然と内外に言っていた清七が入れあげた女である。それが因で清七は店の金に手を付け身を投げて、清七の仇、許せぬ女と矢場に怒鳴り込んだのが馴れ初めであるとは、余りにも決まりが悪過ぎる。

それでも、世間的には清七の死は事故によるものとなっているし、きつの存在もほとんど知られていない。

自分が怒鳴り込んだ一件も勘違いであったし、あの日車坂町の料理屋の一室できつを抱いてしまったのも、互いに愛すべき者を亡くしたことで狂うほどの動揺に見舞われての弾みであったと思っている。

その結果、自分は責めを負って、きつの面倒をこうして見ているのだ――。

心の内でそう割り切ってみると、ここへ通うのが何と楽しいことであろうか。

きつの体は、いつも吉兵衛の体に吸いつくように全身が波打ち、甘い喘ぎ声は耳を、香と汗が入り混じった匂いは鼻を、白くふくよかな裸体は目を……、彼の五感をすべて刺激するのだ。

今度の旅の間も、夜中に寝床できつを思い出すと、年甲斐もなく己が股間が疼くのを覚え、どれほど戸惑ったことであろうか。

それゆえに、きつの不在をお常に報されて、いささか肩すかしを食らわされた想いがしたものの、三日もゆっくりと出来るのだ。

「あまり早く呼び返してやるのもかわいそうだ。慌てなくても、後で遣いをやればいいさ……」

と言って、お常に酒肴を調えさせて、日が高いうちから一杯やり始めた。

「それにしても、お前さんは何でもよくできる人だねえ」

一杯入ると、吉兵衛はほろ酔いに気分もよく、少しの間、お常相手に飲みたくなった。

思えばお常が来てから、この家の内はいつも気持ちよく保たれている。

それなのに、吉兵衛はお常と言葉すら交わしたことがなかったのだ。

「若い頃は、さぞかし男に言い寄られたってところかい」

お常に酌をされ、吉兵衛はそんな軽口をかけてみた。

「いえ、今でも殿方は言い寄ってくださいます……」

するとお常が洒落た言葉を返してきた。初めて耳にするお常の若やいだ声であった。

「ははは、これはいい。そうかい、今でも言い寄る男はいるか……。そいつはすまなかったね」

吉兵衛は大笑いした。

しかしよく考えてみると、吉兵衛もきつも、お常にはまるで興味がなかったから、ただの年寄りの下女という認識しかなかったものの、思いの外歳も若いのかもしれない。

いつも地味な着物に前掛けをして、小腰を屈めて家事に努め、姉さん被りの下から覗く顔はまるで化粧っ気がないゆえ、どうにも女を感じぬが、確かに若い頃は男が放っておかなかったのかもしれない。

吉兵衛は座興を思いついた。

「よし、それなら今も男に言い寄られているお前さんに、今回は付き合ってもらうとするか。さあ、これがその衣裳だよ」

吉兵衛は、きつのためにと仕立てさせて持ってきた着物を風呂敷包みから取り出した。藍色にねずみがかった御納戸色が実に渋好みの紬である。

「旦那様、それはなりません。まだおかみさんがお手を通されてもいないお召し物ではありませんか……」

お常はとんでもないと頭を下げた。

「いいんだよ。これも座興だ。きつの帯をどれでもいいから合わせて着てみるがいいよ。この着物がどれだけ人を変えるか。これも呉服屋の修業のひとつだ」

吉兵衛は、有無を言わさずお常に着物を持たせた。

吉兵衛の言い付けには逆らえず、お常は、きつが寝間と衣裳部屋にしている隣室へと着替えに入った。

吉兵衛は上機嫌であった。

我ながらおもしろい座興を思いついたものだ。着替えて出てきたお常が楽しみであった。

——存分にからかってやろう。

しかし、吉兵衛をこの時、えも言われぬ甘美な感覚が襲った。婆ァさんをからかってやろうという悪戯な想いではない、妙に心の内が浮き立ち華やいでいるのだ。

それは明らかにお常の体から放たれた異性の輝きであった。

日射しが急激に陰ってきた。

「では、お酌をさせていただきます」

お常の声が聞こえた。若やぎが、さらに艶を増している。

吉兵衛は、手ずから行灯に火を灯した。

やがて、その明かりに照らされて、お常が隣室から姿を現した。

「な、なんと……」

吉兵衛は思わず、手にした盃を取り落した。

そこには、お常とはまったく別人の、熟した色香がしたたり落ちそうな女が立っていて、吉兵衛に妖しく頬笑みかけていた。

美しく施された化粧は、白粉も紅もしっとりとした肌と一体化して、何よりも品格に溢れていた。形よく通った鼻筋の先端は、ほどよく丸みを帯びていて、唇はぽってりとして口許に哀愁を漂わせている。

黒々と冴えた目から放たれる謎めいた光には、この世のありとあらゆる神秘が籠められているような気がした。

逢ってはならぬ女に逢ってしまった――。

吉兵衛は己が本能の叫びに領ぜられ、しばし木偶のようにお常をじっと見つめていた。

七

町の方々から法華の太鼓の音が聞こえる。

日蓮上人が弘安五年（一二八二）十月十三日に入寂したという縁起から例年行われる〝御命講〟は八日から十三日まで続く。

小間物屋礼次が、きつを裁きにかけてやると意気込んでから一月ばかりが経っていた。

すっかりと太鼓が鳴り止んだこの日、南町奉行所定町廻り同心・春野風太郎の組屋敷に日暮れて礼次がやってきた。

きつと近江屋の裁きをつけたゆえに、その報告をしたいと昨日伝えてきたのだ。

「ご苦労だったな。聞かせてもらおうではないか」

風太郎は、この日を楽しみにしていたから少し改まった物言いで礼次を迎え、若党の大庭仙十郎と、小者の竹造、手先の喜六も同席させて、礼次の裁きの結末を聞いたのだが——。

「何だって？　近江屋のおやじは、きつからそのおさんどんの小母さんに乗りかえた……？　何だそれは……」

話の中で、たちまち喜六が目を丸くして口を挟んだ。

「おかしな話じゃあねえか。とどのつまりはなんだ、ちょっと色っぽい年増女が、婆ァのふりをして家の中にもぐり込んで、近江屋を口説く機会を窺ったってことか。これがいってえどんな裁きだってえんだ」

礼次の報告を楽しみにしていたのは喜六も同じで、それがこんな結末では得心がいかないのだ。

喜六のいつもながらにむきになる様子がおかしく、風太郎はニヤリと笑って、

「近江屋は、お常に乗りかえたことで、きつを捨てたというわけだな」

と、礼次に言った。

「へえ、そうでおます……」

おしのの家から戻ったきつは、家財道具が運び出され、閑散としている家の様子を見て驚いた。

おまけに、家には〝玉山〟の主の仁助が座っていて、吉兵衛からの言伝てをきつにもたらしたのである。その内容は、

「このところ、近江屋の旦那の夢枕に、清七さんが立つそうだ。それで恨めしそ

りうに、きつは達者にしておりますか……、などと言うんだとよ。旦那はすっかり参っちまって、やはりお前をこうして面倒見ていると、世間の目も気になるし、清七も浮かばれまい。かくなる上はおきつのことは思い切り、清七さんの冥福を祈って回向するつもりだと言いなすってなあ……」

というもので、仁助はその際に預かったという当座の金五両をきつに手渡すと、

「もう一度、おれの矢場で働きたくなったらいつでもきておくれ……」

抜け目のない言葉をかけ、そのまま立ち去った。

きつは、俄に起こった身の転変に言葉も出なかったという。

「吉兵衛というのは、どこまでもふざけたおやじでやすねえ」

これには喜六も失笑した。

仙十郎と竹造も楽しそうだ。

「お前、その場を見ていたのかい」

風太郎が続けた。

「へえ、そっと覗き見ておりました」

「仁助はきつに幾ら渡した」

「五両でございます」

「五両……。吉兵衛が仁助に預けたのは……」

「へへへ、十両でおます」

「ふふふ、そんなことだろうと思ったよ。だが、その時のきつの顔を見てみたかったもんだぜ。男を手玉に取っていると思っていたら、何が何やらわからぬうちに、家から放り出されたのだからな。ひどく鼻柱を圧し折られたってところだろう。どうだ喜六」

「へい……、確かにきつは裁かれましたが、近江屋のおやじの裁きがまだついちゃあおりやせん。礼次、これじゃあお前が、色ぼけおやじに新しい女を世話しただけじゃあねえか」

どうにも得心がいかない喜六であったが、礼次はしたり顔で、

「近江屋の裁きはついたも同じだす」

「どういうことだ？」

「あのおっさん、おさんどんに早速、新しい家を借りてやりました」

「忙しいことだぜ」

「今、おっさんの頭の中は、お常という女のことでいっぱいでおます。きつにしてやったことより、もっと金も手間もかけよりをます。そこでさっとお常がおらん

ようになったらどないだす。おっさんは腑抜けになってしまいますわ。これが何よりの裁きでございます」

「何を言ってやがる。年増の一人がいなくなったところで、近江屋くれえになりゃあ痛くもかゆくもねえや」

「また新しいのを見つけたらしまいや……、そう言わはりますねんな」

「そうだよ。男なんてものは、女は新しいほど好いってもんだ」

「ところがこのお常という女、そんじょそこらのお常とは違いますのや」

礼次は意味ありげに笑ってみせた。

風太郎の目に光が宿った。

「礼次、まさかその女、白比丘尼のおつねか」

「さすがは春の旦さん、お目が高うござりまする……」

「そいつは大変だ……」

白比丘尼——千年の歳を経た狐に与えられた人魚を食べたことで、不老不死の美しさを得た尼の伝説がある。女は三十九度にわたり嫁に行ったという。

今日まで白比丘尼は、幾つになっても容色が衰えぬ巫女をさして色里の中に語り継がれてきた。

そして、おつねという女が現れる。

おつねは、大坂新町の芸妓であった。歌舞音曲から諸芸に通じ、家事全般もこなせる名妓として知られ、大坂の豪商達にかわいがられたが、おつねを我が物にしようという男達の達引が過熱を極め、密かに江戸の隠れ里へと身を移した。

おつねを見知っていた江戸の豪商達は、おつねを巡る争いの愚を避け、向島のとあるところに庵を建て、合力して彼女を江戸に留めつつ、時におつねの伽を受けた。

これによって豪商達は心の疲れを癒された。

言わば、おつねがいることによって江戸の商いは輝きを保たれてきたのだ。

そしてこのおつねは、六十を過ぎても容色がまるで衰えず、ますます艶を増す。

ゆえに、白比丘尼のおつねとして、知る人ぞ知る存在となったのだ。

風流好みの風太郎はこれらの噂を知っていたが、白比丘尼の由縁を聞かされたとて、喜六、竹造、仙十郎の三人には想像だに出来ぬ話である。

それでも、下女のお常が実はとんでもない女であったというのはわかる。

風太郎は大いに感じ入って、

「白比丘尼のおつねが、お前の裁きを助けてくれるとはなあ……」

唸るように言って礼次をじっと見た。

礼次は少し決まり悪そうな表情となり、

「申し訳ござりまへん、偉そうに裁きやとか申しましたが、今度のことは、おつねはんの仇討ちに助太刀をしたというのがほんまのところでございます」

「仇討ち？　お前の言うことはますますわからねえ……」

喜六は首を傾げた。

「実はここだけの話にしてもらいたいのでござりますが、清七さんは、おつねはんの息子でござります……」

礼次の言葉に風太郎は息を呑んだ。あの雨の日、元柳橋の袂で見かけた謎めいた女こそ、白比丘尼のおつねであったのだ。

「ただ一度だけ、おつねはんは子を生しました。青物問屋の清兵衛の旦那はんとの間の子でおました……」

清兵衛は、他の旦那衆を気遣い、拾い子として奉公人に育てさせた後、清吉と名付け近江屋吉兵衛へ預けたのだと礼次は語った。

「なるほど、仇討ちか……」

風太郎は合点がいった。恐らくそれが、我が子に何ひとつ母親らしいことをしてやれなかった白比丘尼のおつねの、唯一の供養であったのであろう。

きつを身ひとつで放り出し、玄人女の矜持をずたずたにして、吉兵衛には、もう二度と抱けぬ最高の女の味を覚えさせた上で突き放すという生き地獄を与えたのだ。

「近江屋吉兵衛ごときでは、おつねの傍には一生近寄れねえ。もう何年も生きられねえってえのに、この先は、どんな女を相手にしても満足できねえってことかい」

風太郎は太い息を吐きながら礼次を見た。

礼次は神妙な面持ちとなって頷いた。

「こいつはほんに生き地獄だ……。それにしても小間物屋、白比丘尼のおつねの許に出入りしているとは、お前もそっちの道では大した顔だなあ」

風太郎は、一転して明るい声をかけると、立ち上がって礼次の肩を叩いた。

——つねの字の上に〝き〟をつけたが似合の女か。

庭から空を見上げると、風太郎の脳裏に、傘の下から清七の亡骸をじっと見つめていた女の姿がなまめかしく、凄まじいものとなって思い出されてきた。

六十を過ぎている女が、あのような姿でいられるとは——。

「礼次、おもしろい裁きであったぞ」

少し改まった口調の風太郎に、礼次は深々と頭を下げた。

夜空に雨雲が広がり始めた。

「ふふ、また一雨きそうだぜ……」

「今度は近江屋のおやじが川に浮かぶんじゃあねえでしょうね」

喜六の言葉がその場を笑いで締め括り、それからは酒となった。


翌朝から降り始めた雨は二日降り続き、また快晴の空が戻った。

この間に吉兵衛の水死体が川から上がることはなかったが、風太郎は見廻りの中に、近江屋に立ち寄ってみた。

清七の一件でうまく立廻ってくれた春野風太郎を、店の者達は忘れておらず、番頭の伊左衛門が、顔を見るやとんで出てきた。

風太郎は気遣い無用と手で制し、店先の上がり框に腰をかけて店の中を見廻した。

吉兵衛の姿は見えない。

「主殿は息災か」

風太郎は伊左衛門に問うてみた。

「はい、息災ではござりますが……」

どうも歯切れが悪い。

「何ぞあったか」

「いえ、それが、俄に隠居なさいまして……」

番頭の話では、この数日の間、吉兵衛は商売熱心であった以前とは打って変わって、腑抜けのようになってしまったという。そして昨夜、自分は隠居すると言い出して、離れの一室に籠(こも)り、写経などを始めたらしい。

「ただ今、これへ呼んで参ります」

伊左衛門はそのように言ったが、

「いや、それには及ばぬよ。主は確か五十であったな。ここの若旦那はしっかり者だと聞く、それもよかろうよ」

また来ると言って風太郎は店を出た。

この世には女という快楽があることを知り、遊びに目覚め、最高の快楽を知ってしまったがために生きる気力を失う。

「それでも人目(ひとめ)からは楽隠居か。結構だな……」

風太郎は、喜六と竹造に告げると大きく伸びをした。

ふと見ると、向こうの方から、いかにも朴訥(ぼくとつ)そうな職人風とその後から少し遅れて付いて歩く女の二人連れの姿があった。

二人は風太郎を認めて小腰を屈めて通り過ぎたが、女の顔に見覚えがあった。きつである。彼女の体からは、妖しげな色香が消えてなくなっているように思えた。

男を騙すことで世渡りを覚える。そして金品に見放されて真の恋を知る――。

「いやいや油断はならぬ。女には狐が交じっているからな。恐い、恐い……」

風太郎は、風に吹かれてふらふらと歩き出した。空は冬晴れ。当分雨も降らぬであろう。

第二章　姉妹

一

「うむ、極楽とはこのことだな……」

春野風太郎は、もくもくと立ち上る湯煙を見つめながら、湯舟の中で太い息を吐いた。

三十俵二人扶持の軽輩ではあるが、八丁堀の同心ほど恵まれた武士は江戸にはいないのではないかと、風太郎は思っている。

その理由のひとつが、この朝風呂の心地よさである。

組屋敷にも据え風呂があるものの、風太郎は日々、小者の竹造を供に坂本町の銭湯に通っている。

狭い家の風呂よりも、なみなみと湛えられた湯に体を浸す方が心地よい。特に冬になると、体が芯から温まり堪えられない。

そんなわけで、盆暮れに馴染の湯屋に金を包み、毎朝四ツ時（午前十時）までは他に客を入れぬよう女湯を〝留湯〟にさせている。

女湯に入るのは、朝風呂好きの町の男達とかち合うのを避けるためである。そうしてゆったりと一人で銭湯を楽しむのが、八丁堀同心の特権なのだ。

〝女湯に刀掛〟というのが、八丁堀の七不思議とされているのは、これが由来である。

だが、風呂での極楽なる一時は、湯の心地よさだけではない。

風太郎が湯屋に来る頃を見はからって、〝留湯〟に入ってきて、同じ湯舟に身を沈めてくる〝不埒な女〟がいる。

女湯に女の客が入ってくるのは当り前のことで、湯屋の者も断りはしない。

愛敬に溢れ、男振りの好い八丁堀の旦那を慕う女は多く、

「ごめんくださいまし……」

と、白い裸身を湯煙に紛らせて、石榴口をくぐり、湯舟の縁をまたぐのである。

坂本町界隈には、町芸者が多く住んでいて、江戸のもて男の心を捕えてやろう

と気風のよさを競うのだ。

男たる者、

「何だ、一人でゆるりと湯に浸っているというのに……」

などと無粋なことは言うものではない。

目の保養を喜び、

「近頃はどうでえ。何かおもしれえ話はあったかい？」

と、湯を隔てて裸同士の付合いにいそしみ、町の情報をも得る。

これもまた、八丁堀同心のありがたい特権なのだ。

この日、湯舟に身を沈めてきたのは、日本橋に出ている芸者のお松であった。

二十歳を少し超えた、小股が切れ上がった〝ぼっとり者〟である。

お松が風太郎に熱をあげているのは、言うまでもないが、それを表に出すほど野暮ではない。

さらりと言葉を交わし、

「お先に……」

と、一瞬の裸身の残像を、風太郎に刻んで風呂から上がるのだ。

「何だ、またお前かい……」

風太郎は湯気の向こうにぼんやりと映る、お松の顔を見てぽつりと言った。

「つれないことを仰いますねえ。あたしじゃあ、お嫌とでも？」

すました声が風呂場に響く。

「嫌じゃあねえさ。売れっ子のお前と、一緒に湯に浸るなんざ、日本橋界隈の男にとっちゃあ夢のような話だ。ありがたくて堪らねえや」

「ふふふ……」

「だがな、いつも同じ景色じゃあ、飽きちまうってもんだ」

「まあ、ひどい旦那……」

拗ねる言葉も、艶やかに濡れている。

風呂でお松に会うのは、嬉しくもあり、いささか迷惑でもある。

お松が風太郎目当てに朝湯へ行くのは、他の芸者衆の知れるところになっているらしい。

そうなると、風太郎贔屓の芸者は、

「お松姉さんが相手じゃあ敵いませんよ」

などと言って、風太郎の朝湯に現れなくなる。

それはそれで物足りなさを覚えるのだ。

おまけに、そんな名妓(めいぎ)を一人占めしているとなれば、

「おもしろくねえ男だぜ」

と、やっかみを受けかねない。

深い仲になろうと思えば、すぐにでもなれるのであろうが、もて男の春野風太郎としては、お松にがんじがらめにされたくもない。

——さて、どうなることやら。

お松とて、恋の相手にはまったく困らぬのだ。風太郎に熱をあげていても、そうすんなりと懐に入りたくはない。

どきどきはらはらとした間合を、しばらくは楽しみたいらしい。

「そんなら旦那。見飽きた景色はこのあたりで……。ふふふ……」

お松はこの日もさらりと湯舟を出た。

「今度、座敷へ呼ぶとしよう。もっとも、先客はごまんといるだろうが」

「お待ちしておりますよ」

湯気の向こうで、お松の顔に朱がさしたのがわかったが、それを悟られるのが傍(かたわ)ら痛いとばかり、お松は手拭いで前を隠し、さっさと石榴口を潜って外へ消えた。

「う〜ん……」

風太郎は湯に顔を半分浸けると、低く唸った。

お松との出会いは、人に連れられた座敷でのことだった。

それゆえ愛想で、座敷へ呼ぶと言ったのだが、

——何やら、してやられたような。

苦笑いを禁じえない。

番台の脇では竹造が待っている。

きっとお松の姿を見て、含み笑いをしていることだろう。

すぐに風呂から出るのも決まりが悪く、少しのぼせ気味で湯屋を後にして組屋敷へ帰ると、竹造に月代を剃らせ、髪も撫で付け、朝餉をとる。

それから出仕すると、手先の喜六が好い頃合に奉行所へやって来て、いよいよ見廻りとなるのだが、この日は風太郎の姿を見るや、

「旦那、ちょいとお出まし願えませんか」

と、喜六が畏まった。

朝から小間物屋の礼次が、鉄砲洲の喜六の家に、一人の女を連れてきたのだが、

「それがどうも妙なんで……」

と言う。

色ごと師の礼次のことだ。訳がありそうな女にかまって、御用聞きの喜六に助けを求めてきた。そんなところではないのかと問うてみると、

「あっしもそう思って、叱りつけて追っ払ってやろうとしたんですがね。女はどこからか逃げてきたようで、家に着くとそのままばったりと倒れちまいまして……」

喜六は渋面（じゅうめん）を作った。

「余ほど恐ろしい目に遭ったんだろう。それで、喜六親分の貫禄をまのあたりにして、糸が切れたんだろうよ」

「へへへ、おからかいを……」

「とにかく女はお前の家にいるんだな」

「へい。礼次と家の若えのが面倒を見ておりやす。顔や手足をすりむいちゃあおりやすが、大した怪我（けが）はねえようで」

「まず、道々話を聞こうじゃあねえか」

「畏（おそ）れ入りやす……」

風太郎は、竹造と喜六を従えて歩き出した。

つい先ほどまで目の前にちらついていた、お松の妖艶な姿は、もうすっかりと消え失せていた。

二

喜六の家は鉄砲洲の笠屋である。

〝笠喜〟と書かれた笠が軒に吊り下げられていて、それが看板代わりになっている。

店先には、これでもかと笠が並べられていて、帳場が見え辛いほどだ。

七年前に、春野風太郎が亡父の跡を継ぐ形で定町廻り同心として出仕した後、芝の御用聞きの許で下っ引きをしていた喜六に、

「お前もこの辺りで親父のところへ戻ったらどうだ」

と、勧めた。

普通は、手札を授ける同心が、

「所帯を持ちたいと思っておりやす。ついてはどうかよろしくお願い申します」

などと懇願されて、まとまった金を出してやり、店のひとつも持たせてやるの

だが、

「こいつを土産に家へ帰れ」

と、二十両を手渡した。

喜六は、ぐれて笠屋を飛び出し、そのうちに御用聞きの手先となり、重宝がられた。

予て風太郎も喜六に目を付けていたのだが、

「女房なんて、面倒な者はいりませんや」

と、御上の御用に励む喜六が気に入って、

「笠屋に戻って一本立ちになりな。そうすりゃあ、お前の親父も喜ぶだろうよ」

と、父親喜兵衛との間を取り持ってやったのだ。

ぐれて家を出た息子が、八丁堀の旦那に認められて、

「親分……」

と、呼ばれるようになるのだ。

喜六が家を出る前に女房を亡くし、その頃はすっかりと体も弱っていた喜兵衛は大いに喜び、それを機に隠居をした。

喜六は涙ながらにこれまでの親不孝を詫び、〝笠喜の親分〟となった。

そして風太郎からもらった金で、店もこざっぱりとさせて、女房はもらわずとも、自分と同じような境遇の若い者を乾分にして、店と喜兵衛の世話をさせて、御用聞きとしての名をあげた。

笠屋へ戻ってから三年後に喜兵衛は亡くなったが、最後に孝養を積めた。それも皆、風太郎のお蔭だと喜六はいつも心の内で手を合わせているのだ。

それはさておき、その〝笠喜〟への道中、喜六は礼次から聞いた女の事情を、風太郎に余さず伝えた。

女の名は、おいねという。

浅草寺の裏手の遊興地である奥山へ今朝早くに出かけた礼次であった。

奥山の見世物小屋の芸人に小間物を頼まれ届けたのであるが、その帰りに北へ広がる田園地を愛でつつ、吉原の日本堤に抜けようとしたところ、傍らの地蔵堂で人の呻き声がした。

吉原帰りか、奥山帰りか。

酒に酔った遊客が、目立たぬところで宿酔を覚まそうとでもしているのだろうと思ったが、耳をすますと若い女の声である。

女には滅法やさしい礼次は、そのままにはしておけず、地蔵堂へ寄って、

「もし、どなたかお困りで？」

と、声をかけた。

すると呻き声が止んだ。明らかにこちらを警戒しているのがわかる。

「わたしは通りすがりの小間物屋でございまして、怪しい者ではござりまへん」

礼次は、持ち前の上方訛で、穏やかに問いながら裏手へ廻ると、そこに一人の女が蹲っていた。

礼次を見ると、女は怯えて身を縮めてみせた。

その様子を一目見て、酷い目に遭わされ逃げて来たに違いないと思われた。

「どこかでえらい目に遭わされたようやな。もう大丈夫でっせ。わたしが頼りになるお人のところへ連れて行ってあげるさかいにな」

礼次は奥山で買った草餅を女に与えると、少しばかり元気が戻った女を連れて、近くの堀川沿いにある馴染の船宿へ入り、そこで猪牙舟を仕立てて、鉄砲洲まで来たのだ。

「大した力の入れようだな」

風太郎は感心した。

いくら女が難渋しているのを見かけたとて、どこかの番屋にでも報せて、土地の者に任せておけばよいであろうに、わざわざ船を仕立ててまで構ってやるとは度が過ぎている。

喜六はしかめっ面で、

「まったくでさあ。おまけにあっしの家へ連れてくるとは、迷惑な野郎ですぜ」

と、吐き捨てた。

「まあ、そう言ってやるな。女が何者かに追われているとしたら、その辺りでうろうろしていたら見つかってしまう。少しでも早く遠くへ連れて行こうと思ったんだろう。喜六の家へ連れて行けば心丈夫(こころじょうぶ)だと考えたのも、お前を見込んでのことだ」

「それは、そうかもしれやせんが……」

「女は怯えていたんだろう。そういう相手を船に乗せて遠くへ連れて行けるとは、あの小間物屋は大したもんだな」

「女の扱いが上手いだけですよう」

「だが喜六、お前もそのおいねっていう女が、どんな目に遭ったか。そいつが気になるんだろう」

「へい、そいつは気になります。夫婦喧嘩で亭主に殺されそうになって逃げてきた……。そんな風には見えませんからねえ」

「酷え奴らに攫われて、無理矢理客を取らされていたとか？」

「へい。まあ、身から出た錆ってことも考えられますがね」

「お前は、女には厳しいねえ」

風太郎は苦笑いを浮かべた。

喜六が女房を持たないのは、

「女なんて、ちょいと甘い顔を見せると、男に文句を言うのが当り前のように思いやがる」

という理由である。

そんな煩わしいものと暮らすなら、自分と同じように、若気の至りで道を踏み外しそうになっている者の面倒を見てやる方が、はるかに好いと喜六は思っている。

確かに弱い立場にある女が、方々で苦労しているのはわかる。しかし、ちょっとばかり縹緻の好いのを鼻にかけ、好い気になって悪い男に引っかかる――。

おいねとて、そういう類の女なのかもしれないのだ。

女を酷い目に遭わせている男がいたら、決して許せないが、さりとて女は、自分の名を〝いね〟だと告げたものの、ろくに事情を話さないまま寝込んでしまった。

今の時点で、おいねに同情するのは早計だと、喜六は甘い顔を見せないのだ。おいねが只ならぬ闇を抱えているのはわかるゆえ、まず風太郎にお出ましを願ったものの、

――礼次の奴。これが若い女でなければ、ここまで世話を焼いたものか。

そんな想いも拭えない。

風太郎は、礼次が花柳界や色里に精通しているのを重宝に思い、あれこれ調べ物の手先に使っている。

喜六としては、いささかそれがおもしろくないゆえに、自然と礼次が連れてきた女に厳しくなるのである。

何かというちに、〝笠喜〟に着いた。

喜六の乾分、加助、佐吉が、風太郎の姿に気付くや、軒先に暖簾のように吊り下げられた笠の間から、

「旦那、ご苦労さまにございます」

とばかりに飛び出てきた。

二人共に、喜六の薫陶を受けていて、動きが素早く愛敬がある。

続いて礼次が神妙な面持ちで出てきて、

「春の旦さん、えらいすんまへん……」

恭しく頭を下げた。

「喜六親分にも、迷惑をかけてしまいました」

この辺り、礼次も如才がない。

「おいねとやらは？」

風太郎はゆったりと訊ねる。

「へえ、それがやっと目を覚ましまして……」

「少しは落ち着いたか」

「姉さんを助けてくれと言っています」

「姉も危ない目に？」

「そのようで……」

礼次の横で、加助と佐吉が相槌を打った。

どうやら、風太郎の予想が当っていたようだ。

おいねは悪党に攫われ、酷い仕打ちを受けていた。しかも、姉妹揃っての受難であったと思われる。

「よし、まず話を聞くとしよう」

にこやかな風太郎の目に、鋭い光が宿った。

三

おいねは、春野風太郎の姿を目にすると、

「地獄に仏を見たような想いにございます……。皆さまのご親切……、ありがたくて……」

しばし涙ぐんで肩を震わせた。

そして、姉を助けたい一心で、姿勢を正すと、己が身の上と受難を語ったのであった。

おいねは、奥州道栗橋宿の出である。

宿場の外れで母親と、姉・おふくと三人で掛茶屋を営んでいたのだが、母が亡くなり、地主も代替わりをして、掛茶屋を閉めねばならなくなった。

姉妹はそれを機に、江戸へ出て働くことにした。

おふくもおいねも、瓜実顔の縹緻好しであったから、二人を妻に望む者も多かったのだが、二人は以前から町を出たいと思っていた。

姉妹はそもそも草加宿に生まれた。それが竹細工職人であった父が幼い時に亡くなり、伝手を頼って母親と栗橋宿へやって来た。

母親は女手ひとつで掛茶屋を切り盛りして、姉妹を育ててくれた。

しかし、縹緻よしの姉妹を産んだ母親もまた美しく、おふく、おいねを連れて新たな地で過ごすと、近在の者達は、母娘三人に好奇の目を向けた。

何者かの囲われ者ではないかなどと、あらぬ噂を立てて、話の種にしたものだ。

母娘は、そういう他人の悪意を、さらりとかわして暮らしてきたが、おふくとおいねの心の奥深くに刻まれた傷は、成人してからも残った。

自分達姉妹を望む者は、きっと面白半分で声をかけてくるのであろうと思うと、嫁に行く気もせず、姉妹は婚期を逃した。

そして、おふくが二十二、おいねが二十となった今年。掛茶屋の閉店と共に、働き口を世話してくれる人がいて、姉妹は江戸へ出たのだ。

世話人は、文五郎という紅の行商で、これまでも何度か掛茶屋に立ち寄って、江戸の珍しい話などして、姉妹を喜ばせていた。

文五郎は行商の傍ら、

「お二人に似合いの働き口があるのだけどねえ……。思い切って江戸に出てみたらどうです？」

と、姉妹に持ちかけた。

高輪大木戸に、老夫婦が営んでいる掛茶屋がある。

夫婦には子がなく、店を任す者もいない。受け継いでくれる人がいれば、ありがたいのだがと、文五郎は以前から相談を受けていたのである。

文五郎とは顔見知りであったし、穏やかな人となりは信用が置けた。

姉妹はこの話に乗った。そして文五郎は行商の行き帰りに取り次いでくれて、とんとん拍子に話が決まったものだ。

文五郎は、

「きっと気に入ってもらえると思いますが、行ってから何か気にくわないことがあったら、その時は遠慮なくわたしに言ってください。江戸にいる間は毎日一度は、掛茶屋を覗くようにしますから」

と言ってくれた。

老夫婦とは直に会ったことはないのだが、仕事仲間の勘六と米造の紹介なので、

「まずご案じなさいますな」

文五郎は胸を叩き、江戸へも同道してくれたのである。

おふく、おいね姉妹は、栗橋宿を出て文五郎と船で千住（せんじゅ）へ。ここで船を乗り継いで、いよいよ高輪大木戸へ向かうのだが、

「この先は、勘六さんと米造さんがご案内いたしますので、わたしは仕事に戻らせていただきますよ」

と、その折に文五郎と別れた。

「お待ちしておりましたよ」

「これでわたし達も顔が立ちます」

勘六と米造は、文五郎と同じく物腰も柔らかく、てきぱきと世話を焼いてくれたのだが、

「船の上でいきなり鬼に変わったか？」

風太郎は、そこまで話して言葉を詰まらせたおいねを見て、ひとつ頷（うなず）いてみせた。

「はい……」

おいねは消え入るような声で項垂（うなだ）れた。

薄汚れたままの細いうなじが哀れを誘う。

「姉を助けたければ、そこからの話をひとつひとつ、落ち着いて話すがよいぞ」

風太郎は言葉に威を漂わせつつ、ゆったりと問いかけた。

日頃は誰彼構わず砕けた口調で戯言（ざれごと）を言う風太郎であるが、こういう時は真に頼りになる。感情が昂（たか）ぶるおいねも、この一言で随分と気持ちが静まった。

「申し上げます……。勘六と米造は船の上でいきなりわたし達に刃物を突きつけ、言う通りにしろ、騒げば殺すぞと脅しました……」

やがて船は人気（ひとけ）のない川辺に止まり、そこで二人は目隠しと猿轡（さるぐつわ）をされて、大きな長持（ながもち）の中へ押し込まれ、荷車でどこかへ運ばれた。

そして長持から出されたところは、蔵の中であった。

蔵は二階もあり、高窓から弱い明かりが差し込んでいた。

方々に幕が吊るされていて、いくつもの小部屋を形成していた。そして、自分達と同じ女達が、そこにいた。

誰もが空（うつ）ろな表情をしていて、姉妹をちらりと見ると、沈黙を続けた。

きっと女達もまた、哀れなる事情で、自分達と同じように連れ去られて来たのであろう。

　それでも、まだこの時の姉妹は、何とかここから抜け出してやろうという強い意志を持っていたのだが、たちまちそんな考えを起こしただけでも足が竦むほどの恐怖で支配されることになる。

　勘六と米造は、まず逃げ出すことなど出来ない現実を突きつけた。

　蔵は頑丈で、窓は高みに二つしかなく、出入り口は重い鉄扉に限られている。少しでも反抗を見せると、容赦のない折檻が待っていた。

　そうして、朝な夕なに、蔵へは男達がやってきて、幕で仕切られた小部屋へ入り、女達はその相手をさせられたのだ。

　しばらくそんな暮らしが続くと、何をしても仕方がないという虚無に襲われて、言われた通りのことを淡々とこなすしか出来なくなってしまう。

　悪党達は、生かさぬよう殺さぬようにして女達を働かせた。

　ただ締めつけるだけだと、隙を見て自害する女も出てくるかもしれないと思ったのか、女達同士の会話も大目に見たし、三度の食事も用意した。

　客には、

「女に酒を飲ませてやっておくんなさいな」

と言って酒を買わせ、存分に飲ませた。

酒は一時、人の心身を幻惑させる。

日々の絶望から逃れるために、女達は客に酒をせがみ、酔うことで現実から逃避した。

しかし、地獄のような暮らしの中で、姉妹は望みを捨てなかった。

人から物へと変わってゆく他の女達を尻目に、酒に溺れず意思を持ち続けたのである。

それでも、他の女達と同じように振舞ったのは、勘六、米造を油断させるためであった。

おふくとおいねは、逃げる間合を日々計った。

連れて来られた時は、わからなかったが、扉の向こうは庭で、注意深く窺うと、出てすぐ右手に連理の楠が聳えていて、その向こうが高い築地塀となっていると知れた。

米造は物覚えが悪く、動きも鈍い。それを凶暴さでごまかしているようだ。

必ず隙を見せるに違いない。

ある日。最後の客が蔵を出た後、米造が扉を閉めんとした時。

おふくが呻き声をあげた。

「おい、どうした……」

血も涙もない男だが、商品が傷(いた)んでは困る。

再び蔵の中へ足を踏み入れて、

「誰でえ、おふくか？」

と、おふくがいる小部屋を覗いた。

おふくは腹を押さえて苦しんでいるふりをしていた。

「お腹が痛くて……」

「けッ、酒を飲み過ぎたんだろうよ。後で薬を持ってきてやるから休んでいろ」

米造は悪態をついて、扉を閉めた。

だが、その間扉は僅(わず)かな間ではあるが、薄く開いていた。

おいねはそれを逃さず、勇気を出して隙間をすり抜け外へ出ると植込みの陰に隠れた。

見つかれば半殺しの目に遭うのをわかっていて、そんなことをする女はいまい。高(たか)を括っていた米造は、おいねが外にいるとは思いもせず、母屋(おもや)へと戻っていった。

おいねは子供の頃から身軽で快活、木に登るくらいはわけなく出来た。

米造が立ち去ると、注意深く辺りを見廻したが、他に見張りがいる気配もない。楠をよじ登り、そこから塀の外へと飛び降りたのである。

それからは夜陰に乗じて、ひたすら駆けた。

とにかく忌わしいところから、少しでも離れたかった。

自分が捕われたら、蔵に閉じ込められている女達を助ける術がなくなるのだ。

暗黒の闇の中で、水の流れを感じた。近くには川が流れていて、おいねは羽織って出た半纏をそこへ捨てた。冬の夜風は冷たかったが、こうしておくと、川へ落ちたと目を晦ますことが出来るかもしれないと思ったのだ。さらに田圃道を駆けると、ゆっくりと日が上ってきた。

ここまで夢中で走ってきたが、素足は血だらけで、手や脛も傷だらけになっているのがわかった。

閉じ込められた蔵が、江戸の何処なのか、そこから駆けてきたが、今は何処にいるのかもわからなかった。

ここまで逃げてこられた安堵と、同時に疲労がおいねを襲った。

まず人目につかぬようにと、地蔵堂の陰に潜むと、いつしか眠ってしまった。

はっとして目覚めると、すっかり朝になっていた。

——さて、これからどうすればよいか。

不安ばかりが過る。すると、胃の腑がきりきりと痛んだ。

堪え切れず、思わず呻き声を漏らしてしまった。

そこへ、小間物屋の礼次が通りかかったのであった。

「わたしを逃がすために姉さんは……。今どんな目に遭っているかと思うと、身が引き裂かれそうな……。お願いでございます。姉さんを、助けてあげてくださいませ……！」

語り終えると、おいねは嗚咽して頭を下げ続けた。

「何て奴らだ！」

まず声をあげたのは喜六であった。

礼次がおいねを連れて来た時は、色ごと師の彼が訳ありの女にかまってしまい、自分に助けを求めてきたと思い、叱りつけて追い払わんとした。

それが今となっては恥ずかしく、熱血漢の喜六の怒りをかき立てたのだ。

人を人とも思わぬような輩は決して許さぬのが信条である。

「よく逃げてきたな。お前の姉さんは、きっと見つけて助け出すから、大船に乗ったつもりでいてくんな。礼次、お前もたまには好いことをするじゃあねえか」

「たまにはねえ……」

礼次は意気上がる喜六を見て頭を掻いた。

「その紅屋の文五郎も怪しい……。喜六、おいねをしばらくの間、ここへ置いてやるんだな」

風太郎は、喜六を窘めるような目で見ると、

「喜六親分は頼りになる男だ。まず落ち着きな……」

おいねの紅潮したうなじに向かって、やさしい言葉を投げかけたのである。

四

定町廻り同心・春野風太郎の指図の下、御用聞きである手先の喜六はすぐに動いた。

無我夢中で暗闇の中、逃げてきたおいねであったが、彼女の記憶を辿り、時と場所を照らし合わせると、女達が閉じ込められ、客を取らされていた蔵は根岸辺りの寮ではないかと思われた。

根岸は上野山北麓に広がる田園地帯で、文人墨客に親しまれている。ゆえに、

ここには富商や物持ちの寮が処々に建てられていた。

その中の一軒ではなかったか——。

だが、おいねは初めての江戸で、目隠しをされて入ったところゆえ、根岸と言われてもわからない。

田園の風景などどれも同じに見えるし、一軒ずつ廻ったところで、どの寮かもわかるまい。

その上、まだ根岸の寮が怪しいというだけで、確たる手がかりはない。

闇雲に歩き廻っても仕方がなかった。

ひとまず喜六が下っ引きを動員して、根岸辺りで〝隠し売女〟を手配している者はいないか、そっと当らせた。

そんなことをしたところで、攫われた娘達がすぐに見つかるはずもないのはわかっていたが、未だ囚われの身となっている姉を思うと、おいねはいても立ってもいられぬであろう。

喜六を含めて、若くて生きのいい加助、佐吉が動き廻っているのを間近で見ていると、少しは安心できるはずだという、風太郎の配慮であった。

おいねを近くの自身番に呼んでもよいのだが、出来るだけおいねの姿を外にさらしたくはない。

それゆえ、風太郎は喜六の家へ竹造を供に出向き、おいねにさらなる事情を訊くことにした。

おいねが礼次に助けられてから二日が経っていた。

その間、おいねは、喜六達のために黙々と用事をこなした。

店先に出ると、勘六、米造達悪党に見られる恐れがある。そこを捕えればよいとも思ったが、御用聞きの家にいると知れたら、悪党達はうろたえて、姉のおふくに危害を加えるかもしれないし、居処を変えることも考えられる。

おいねは、笠屋の手伝いもしたかったようだが、それが叶わぬとなり、台所仕事に掃除洗濯に精を出した。

体を動かすことで、少しでも気持ちを落ち着けようとしている姿が健気であった。

風太郎が店の奥の一間に入ると、今は店番をしながらおいねを見守っていた加助が、

「ご苦労様にございます！」

と、彼女を連れてきた。

恭しく頭を下げるおいねに、

「少しは体が休まったかい？」

風太郎は労りの声をかけると、加助と竹造をその場から下がらせた。

「皆さまのお蔭をもちまして、生きる望みができましてございます」

「それは何よりだ。ちょいと応え辛いことを訊くよ……」

「何なりと……」

「客の中で、お前を気に入って、裏を返したいと言った奴はいなかったかい？」

「それは……」

応え辛いこととはこれであったのかと、おいねは、風太郎の気遣いが心に沁みた。

無理矢理体を売らされた相手のことなど、思い出したくもない。

だが、考えてみれば、あの蔵に訪れた客達は、女達が攫われて不当に働かされているとは知らなかったはずである。

余計なことを喋ったら、酷い折檻が待っているゆえ、女達はただ客との一時を淡々と過ごし、酒をねだった。

遊女を人とも思わぬ客もいたが、中にはやさしい男もいた。

しかし、勘六と米造は、女と客が通じれば、色々まずいことになりかねない。女達には厳しく当り、客の遊びは一度切りと決め、馴染を作らせなかった。それでも、遊女と客であっても人同士、心を通わせることもあった。

「その客が知れたら、悪党共の仕組を探る大きな手がかりになるはずだ。思い出してみるがよい」

忘れたい過去は、心と体が自浄を働かせて記憶から消し去ろうとするのが人間である。

おいねは、薄れている記憶の中から、何か手がかりに繋がる相手を引っ張り出そうとしたが、なかなか浮かんでこない。記憶を辿ると、忌わしい出来事まであれこれ思い出されて、おいねはそれに押し潰されそうになった。

風太郎には、おいねの心の動きが痛いほどわかるゆえ、彼女がそれを思い出すまで、ゆったりと構えて、煙管で煙草をくゆらせていた。

「まず焦ることはねえが、おれも喜六も、女を酷えめに遭わせている野郎達が、許せねえんだ……」

思い出せばそれだけ、姉・おふくの助けになる。

おいねは、その一念で記憶を辿った。

すると、一人の男の姿が浮かんできた。

攫われ閉じ込められ、絶望に何もかも投げやりになりかけていた頃に、その客は来た。

客は四人連れの大工仲間の一人のようで、おいねが相手をした時は相当酔っていて、小部屋に入るやごろりと寝転んでそのまま眠ってしまった。

泊まりの客はとらぬのが、〝隠れ女郎屋〟の決まりであった。

男が目を覚ました時は、もう彼の仲間達が帰る時分になっていた。

「ああ、寝てしまったよ……。言っておくが、お前を気に入らなかったわけじゃあねえよ。こんな好い女に手も付けずに帰るなんて、もったいねえことをしたもんだ」

男は悪びれずにおいねを称えた。

酔い潰れた客を放っておけず、おいねは水を飲ませたり、背中をさすったりして介抱をした。

「抱けなくても、ちゃあんと銭は払うから心配はいらねえよ」

寝ながらも、譫言のように言っていた客に、せめてもの心尽くしをしてやろうと、おいねは思ったのだ。

したくてしている遊女ではない。放っておけばよいものの、久しぶりに人からやさしい言葉をかけられたのが、おいねの心を和ませたのである。

生来、やさしい心根のおいねは、この客をもてなすことで、失いかけていた良心を取り戻したかったのかもしれない。

「お前はここを出られないのかい？」

客は訊ねた。

客は、ここにいる女が隠し売女として、好きな時に稼ぎに来ていると思ったようだ。

応えに窮するおいねは、ただ頬笑みを返した。

それを客は否定とは受け取らず、

「こんなところじゃあなくて、どこか外でゆっくりと会いてえもんだな……」

と、声を潜めた。

ここの者に知れると面倒なことになるという分別は働いたらしい。

男客は、そっと火鉢の灰に、〝いまど　うのきち〟と記して、またすぐに消したという。

「〝今戸　卯之吉〟だな」

「確か、そうであったと……」

「よく思い出してくれたな。そいつを見つけ出せば、蔵がどこにあるか知れるに違えねえや。これでまた調べがひとつ前に進んだぜ」

風太郎は、にこりとしておいねを真っ直ぐに見た。

おいねの顔が思わず綻んだ。

終始にこやかだが、おいねの辛い思い出に触れる時には、鋭い目となり怒りを浮かべる。

おいねは、風太郎と話すうちに、姉のおふくは必ず無事に救け出されるに違いないと思えてきた。

「そんなら、もう少し辛抱してくんなよ」

風太郎は、煙草盆の吐月峰に煙管の雁首を叩きつけると立ち上がった。

風太郎の来訪を知り、家に戻って控えていた喜六が後に続いた。

おいねは頭を下げ続けたが、店先から喜六の少し突っかかるような声が聞こえてきた。

「何でえ、お松じゃあねえか。何か用かい？」

お松という女が訪ねて来たようだ。

「これはご挨拶ですねえ。あたしは、春の旦那から頼まれごとをされて来たんですよう」

「頼まれごと？」

「ああ、そうだったな」

少し惚けた風太郎の声がする。

おいねには誰だかわからないが、お松というのは、湯屋に現れる風太郎に〝ほの字〟の芸者である。

喜六は敬愛する春野風太郎の情婦気取りでいる彼女を、日頃から快く思っていない。

色気を武器に男を手玉に取る――。芸者や遊女のそういう手練手管が気に食わないからだ。

それでも、おいねの受難を聞いて、少し考えが改まってきた喜六であるが、日本橋の売れっ妓で、物持ちの男達にもてはやされているのを鼻にかけ、風太郎に近寄るお松はどうも疎ましい。

もちろん、そんな事情など何もわからないおいねであるが、惚けたり、突っ慳貪であっても、三人の会話に面白味を覚え、耳を澄ませていた。

「旦那、いってえ何を頼んだのです？」

「おれのところにも、お前のところにも女手がねえからよう……」

「旦那はあたしに、親分が助けた女がいるから、ちょいと面倒を見てやってくれないかとね。それでこれを持ってきたんですよ」

「何でえそいつは……」

「替えの着物ですよう。着た切りすずめじゃあかわいそうだって、旦那があたしに古着のひとつも見繕ってやってくれってね」

「ああ、そういうことか……」

喜六の声が小さくなった。

「だが旦那、お松に頼まずとも、一声かけてくださりゃあ、あっしだって誰かに頼んだってものを」

「お前は色々と忙しい。それに、お松に頼んだ方が確かだからよう。ははは……」

どうやら、おいねのために、風太郎が着替えの着物を揃えてやるよう、お松に頼んだらしい。

「へい、まあ、それは……。お松、ご苦労だったな」

「親分、端からそう言ってくだされば好いじゃあありませんか」

少し詰る声にも色気がある。

只者ではないと思いつつ、ありがたさに胸がいっぱいになるおいねの前に、やがて喜六の乾分の加助に案内されてお松が現れた。

「おいねさんかい？　あたしは松といってね、しがない芸者ですよ」

お松は会うや、はきはきとした口調で名乗ると、にこやかに頬笑んだ。

「い、いねと申します……」

おいねはしどろもどろになった。

ふくよかな顔は抜けるように白く、目は形よく切れ上がり、瞳は黒々と冴えている。

姉のおふくと共に、これまでは縹緻好しで通ってきたものの、大都の水に洗われると、女もこのように美しくなるのかと、おいねはすっかり気圧されてしまったのだ。

「古着なんだけどね。数の内になれば好いと思いましてねえ。おいねさんなら、何を着たって似合いますよ」

「そんな……。もったいのうございます……」

「ふふふ、そんなに畏まっちゃあ嫌ですよう。お前さん、ちょいと訳ありだと聞いたけど、あたしだって訳ありさ。そんなことは知りたくもない。何も話さなくて好いから、あれこれ無駄口を二人で叩きましょうよ」

お松は、用意した着物をおいねの体に当ててみて、満足そうに頷くと、それからベラベラと世間話を始めた。

どこの店の何々は美味いとか、どこそこの辻番の番人は頭が悪いとか、どれもまったくの無駄話であるが、聞いているうちにおいねは少し、江戸に慣れたような気がしてきた。

お松はしばらく喋り続けると、

「まあ、江戸だってどこだって、くだらない男は掃いて捨てるほどいて、あたし達女は大変な想いをさせられることが多いけど、春の旦那みたいな情があって強くて、やさしい男もいる。世の中、そう捨てたものじゃあ、ありませんよ……」

やがて、うっとりとした表情を浮かべながら言った。

五

――いけねえ、いけねえ。おれはああいうところ、まったく気が利かねえから困ったもんだ。

おいねを匿い、何とかしてやろうと思ったが、春野風太郎に着替えの心配までさせて、お松に乗り込まれたのは不覚であった。

おいねを助けた小間物屋の礼次は、洒脱な男で何かと気が廻るが、この一件に風太郎が乗り出すと、

「ほな、わたしは引っ込んでおりますさかいに、何かあったら声をかけておくなはれ」

あっさり身を引いた。

その辺りもほどがよいのだが、喜六の周囲は、むくつけき男ばかりで、女の細々としたことにまるで気が付かないときている。

「お松は、あれでなかなかおもしれえ女だからな。たまには同じ年恰好のおいねの相手をさせておくのも好いと思ってよう」

風太郎は、気が利かぬ喜六を叱るわけでもなく、そうしておけば喜六も取り調べに打ち込めると見ているのだ。

お松の自分への好意を、こういうところにそらしておく意味もあるのであろう。

――てえことは、おれもしっかり務めねえと、お松ごときになめられちゃあいけねえや。

そんな闘志が湧いてくる。

それも含めて、風太郎はお松を動かしたのかもしれない。

喜六はそのように考えたが、風太郎はというと、

「喜六、まずは〝今戸の卯之吉〟だな」

気負わずさらりと言う。

――抜け目のねえ旦那だ。

と思いつつも、風太郎には打算を匂わせない落ち着きがある。

喜六はそこが堪(たま)らなく好きなのだ。

この日は、乾分の佐吉が喜六に付き従ったのだが、今戸の卯之吉を捜し出すのに、さほど手間はかからなかった。

今戸界隈に住む、手間取りの大工で卯之吉という男を知らないかと訊ね歩けば

すぐにわかった。

卯之吉の仕事に支障が出ないように、詳しくは話さずに、

「ちょいと教えてもらいてえことがあってねえ……」

とだけ伝えての聞き取りであった。

喜六は、おいねの話に出てくる卯之吉を、

――おもしれえ奴だ。

と見ていた。

仲間に誘われて遊びに行ったものの、酒に酔って寝てしまった。それでも、

「抱けなくても、ちゃあんと銭は払うから心配はいらねえよ」

と、譫言(うわごと)のように言っていたというのが、憎めない。

そうして、真心で接したおいねに心を打たれて、火鉢の灰に自分の名と居処を記して帰っていったというのも、どこか頬笑ましいではないか。

不器用な姿に、自分と同じ匂いを覚えたのだ。

卯之吉は、妙高寺(みょうこうじ)前の裏店(うらだな)に独り住む手間取りである。

さっそく訪ねてみたのだが、共感していたはずの卯之吉が、彼の長屋に近付くにつれ何やら疎(うと)ましくなってきた。

確かに〝おもしれえ奴〟ではあるが、考えてみると、おいねを凌辱してきた男の一人であることに変わりはない。

もちろん、客の男達は彼女達が不当に攫われて、無理矢理遊女として働かされているとは知らなかったのであろう。

喜六とて遊里に行ったことはある。女達は苦界に身を沈める哀れな境遇にいると知りつつ、遊んだものだ。

それゆえ卯之吉を責められまい。

酷い男達の中にあって、卯之吉がおいねに示した心根はやさしいものである。

しかし、喜六はおもしろくなかった。

不幸な境遇に屈せず、地獄から逃げ出し、何としてでも姉を救いたいと願う、おいねの健気な姿に触れていると、言いようのないやり切れなさが込み上げてくるのだ。

風太郎に、卯之吉の居処がわかったと報せた時、

「そうかい、ご苦労だったな。お前にとっては気に入らねえ野郎だろうが、まあ、大目に見てやんな」

そんな言葉を投げかけられた。

〝おもしれえ奴〟だと思っていただけに、それが解せなかったが、今になって少しずつ意味合いがわかってきた。

おいねが客の中で唯一、心を開いたという事実が腹立たしいのだ。

つまり、日頃からさほど女に関心のない喜六が、初めて恋心を抱いたのを風太郎に見破られたということである。

――いや、そんな……。惚れたはれたで動いているわけじゃあねえや。おれは、悪党共が許せねえから御用を務めているだけだ。

喜六は初めて覚える動揺を抑えながら、卯之吉が住む長屋を訪ねた。

いつも帰っているという夕方の時分を狙って行ったので、卯之吉は帰っていた。

独り者の彼は、自炊するのも面倒ゆえ、近くの一膳飯屋で軽く一杯酒を飲んでから、飯を食べて長屋に戻るのが日常らしい。

「卯之吉さんかい？」

長屋に訪ねた時、彼は日に焼けた丸い顔の目許をほんのりと朱に染めていた。

角のないやさしげな顔立ちをしている。彼は喜六を一目見て、只者ではないと感じたようで、

「お前さんは……？」

応える声が少しばかり上ずっていた。

「おれは南町の旦那から御用を聞いている、鉄砲洲の喜六という者だ」

「お、親分で……」

自分は何もしていないはずだがという緊張が、卯之吉に漂った。

その様子を見た途端、喜六の心の内には卯之吉への疎ましさがむくむくと湧いてきた。

「安心しな。ちょいと訊きてえことがあるだけさ」

かける言葉にも凄みが出る。

「へ、へい、何なりと……」

卯之吉はすっかり気圧された。

「近頃、根岸辺りの寮で、女郎買いをしなかったかい」

「それは……」

たちまち卯之吉の顔が曇った。

「咎めようってえんじゃあねえんだ。そこがどこにあるか教えてもらいてえんだ
……」

喜六は、女達の受難を手短に伝え、誰からそこを知らされたかも含めて、卯之

吉に問うた。

「あっしはその……。仲間から誘われただけです」

その日は寄合があって、仕事仲間と一杯やっていると、時折その店に現れる遊び人に、

「女を抱きたくなったら、ここを訪ねたら好いらしいぜ」

と、話しかけられたという。

その男が言うには、根岸の五行松(ごぎょうまつ)を少し南へ行ったところに、木戸門の両脇に見越しの松のある寮がある。

そこを訪ねて、寮番に、

「極楽浄土、日々平安」

と言えば、よいところに連れて行ってくれるというのだ。

「但し、遊ぶのは好いが一度切りだ。後腐(あとくさ)れがねえようにな。気に入ったら、また他の寮を教えてくれるそうだ」

遊び人の男は、そう言い置いて立ち去った。

卯之吉達は四人組で、酒の勢いも手伝って、

「一度訪ねてみようじゃあねえか」

「皆一緒だ、怖じ気付いてどうする」

「とにかく覗いてみようぜ」

「よし、おもしろそうだ」

と、盛り上がり出かけたのだという。

すると遊び人の言う通り、そこは隠し売女を置く女郎屋になっていて、皆で遊んで帰ったのであった。

「といっても、あっしは酒に酔って寝てばかりでしたがねえ……」

「そいつは残念だったな」

喜六はふっと笑ってみせたが、この男がおいねと一時を過ごし、彼女が唯一人覚えている客だと思うと、やり切れなくなってきた。

「だが、旦那、どうしてあっしが、根岸で遊んだことを知っていなさるんで……？」

どうやら卯之吉は、おいねに火鉢の灰で己が名と処を教えたのを、覚えていないようだ。

喜六は、おいねの話を出すまでもないと、

「御上の目は、何だって見ているんだよう」

と応えて、

「今言ったことに間違いはねえだろうなあ」

念を押した。

卯之吉に道案内させてもよいが、わざわざ連れて行くまでもない。何やらこの男といるのも億劫になってきたので、寮番と木戸門を潜ったところの様子を聞き取り引き上げんとしたのだが、

「親分、お願えでございます。あっしが、その、女郎買いに出かけたことは、どうかご内聞にしていただけませんか……」

卯之吉は困り顔で喜六の袖を引いてきた。

「吉原へ繰り出したってわけじゃあ、ありませんからねえ」

「そんな怪しげなところへ遊びに行ったと、人に知られるのが恥ずかしいってんのかい」

「恥ずかしいっていうわけじゃあ、ありませんがね。その何でしょう。あの寮にいた女達は攫われてきたとか……」

「ああ、無理矢理連れてこられて、脅された上で客をとらされたってわけだ」

「あっしは、そうだとは知らなかったんでさあ」

「だろうな。お前に罪がねえわけじゃあねえが、悪いのは攫った奴らだ。今、話してくれたことで帳消しにしてやるから案じるなと言っているのさ」

「へい……。そいつは、かっちけねえ……」

「お前の名も外へは出さねえよ」

「そこんところを、何卒よしなに願いますでございます」

卯之吉は、ほっとした表情となり、

「その……。実は、近々、嫁を取ることになっておりまして」

「なるほど」

「それがまた、棟梁の娘でございまして」

「そいつは大変だな。知られたかあねえのも無理はねえ」

「親分、こいつはほんの気持ちでございます……」

平身低頭の卯之吉は、なけなしの金を封にして喜六に渡そうとして、愛想をしたが、

「そんなものはいらねえよ。棟梁の娘とせいぜいよろしくやりな」

喜六は仏頂面で、心付を差し出す手を払いのけて長屋を後にした。

――まったく、調子の好い野郎だぜ。

喜六の機嫌は悪かった。近々、棟梁の娘と一緒になろうというのに、女郎買いに行って、おいねに外で会おうと誘いをかけていたとは――。

しかも、酔っていたかもしれないが、火鉢の灰に己が名を書いたことも忘れている。

遊びに行った先の女のことなど、いちいち覚えていないのは喜六も同じだが、おいねが不憫に思えてきて、何よりもそれが腹立たしさを生むのである。

「お前にとっては気に入らねえ野郎だろうが、まあ、大目に見てやんな」

風太郎の声が聞こえてきそうだ。

――旦那には、すっかりと心の内を読まれていたぜ。

そう思うと恥ずかしくなり、おいねに対する恋情が込み上げてきた。

――いや、そんな想いをもってどうする。

喜六は、勘六、米造をしょっ引くことを先ず考えようと、己を戒めた。

しかし、この日の成果は一刻も早く、おいねに知らせてやりたかった。

その上で、すぐに旦那の風太郎に従って、寮に踏み込まねばなるまい。

自分を戒めつつ、喜六の心は戻った。

帰路を辿るうちに、彼は駆け出していた。

「帰ったぜ！」

鉄砲洲の笠屋に戻ると、

「ご苦労さまでございました」

待ち兼ねた様子のおいねが、抱きつかんばかりに出迎えた。

「卯之吉を捜し当てたぜ。寮の処を教えてくれたよ。知らぬこととはいえ、大変な処に行っちまった、お前に詫びておいてくれってよ」

喜六はおいねにそう伝えた。

六

喜六はすぐに同心・春野風太郎に従って、卯之吉から聞いた五行松南方の寮へ急行した。

風太郎は、喜六の心情を見透(みす)かしていたが、道中彼のおいねへの想いについては一切触れなかった。

根岸に入ると喜六を前方へやり、自分は竹造だけを連れ、捕物出役(とりものでやく)の物々(ものもの)しい姿を避けてゆったりと進んだ。

但し、いざという時の捕方となる小者達を随所に散らしておいた。

風光明媚で見晴らしの好い道を武装した一群が通れば、相手も警戒すると思われたゆえの処置だ。

風太郎は、いつも洒脱で穏やか、荒々しいことを嫌うが、奉行所随一の捕縛術の遣い手である。

剣術は直心影流に学び、武芸は一通り身に付けている。

敵の腕が少々立とうが、風太郎を中心にかかればどうということはない。

喜六は懐に丸形十手を呑み、鉤縄を携行して気合を充実させつつ、卯之吉から聞いた件の寮へ近付いた。

そして、木戸門の両脇に見越しの松がある一軒の寮を認めると、後方の風太郎に手をかざして合図をした。

風太郎が歩みを速めて木戸門の前へ出ると、いつしか小者達もそこへ集結していた。

「南町の者だ！　ここを開けろ！」

日頃とは打って変わった、野太い声が響くと、寮番の老爺が切戸を開けて、引きつった顔を見せた。

「改めるぞ」

風太郎は、手下を引き連れ雪崩れ込むと、逆らう者はいないか寮内を見廻った。

しかし、老爺の他には誰もいなかった。

「やはりな……」

風太郎は嘆息した。心の内では、勘六、米造達はおいねの逃亡に気付いた後、すぐにここを引き払ったであろうと思っていた。

「だが、見事なもんだな……」

蔵の周囲には、おいねが言っていた通り、連理の楠があり、ここが隠し売女の廓になっていたのは間違いないと思われた。

蔵を明けさせると、そこは蛻の殻で、小部屋に仕切っていた幕の類が隅に残されていた。

「畜生め……」

喜六は地団駄を踏んだが、風太郎にとっては予想の範疇であり、

「喜六、気を落すな。奴らは逃げたが、これでぐっと近付いたじゃあねえか」

と、余裕の表情を浮かべてみせた。

「ただ、女達がどうなったか。そいつが気になるがな……」

その中には、おいねの姉・おふくも含まれているのだ。

「まず焦っても仕方がねえさ」

風太郎は動じない。その姿勢が手下の者達を安心させるのだ。

寮番の老爺は、おどおどするばかりであった。どうやら勘六、米造の一味の者ではないらしい。話を聞くと、この寮は深川木場の材木商の持ち物だが、長く空き家になっていた。

それで、この一年の間は、旗本・三雲左衛門尉の用人・河野次郎兵衛からの依頼で、家守を通して貸していたという。

期日を過ぎれば、改めて延長の手続きをする段取りになっていたが音沙汰がなく、訪ねてみれば誰もいない状態になっていたので、老爺が再び番人として遣わされたところ、

「今日のお改めでございました」

と、訳がわからず老爺は首を竦めた。

三雲左衛門尉なる旗本は現存する。それゆえ家守も賃料を払うというので貸したのだが、

「まさか、蔵が女郎屋になっていたとは……」

老爺は信じられないといった表情で腕組みをするばかりであった。

「用人というのが曲者だな」

風太郎が見たところ、三雲家に河野次郎兵衛なる用人はいないが、家中にその名を騙る者がいて、関わっているのに違いない。

三雲家は千石取りの名家とはいえ、無役で財政が厳しい。そこで何者かに乞われ、三雲家の名で寮を借りてやったのであろう。

それゆえ、三雲家に問い合わせても、

「無礼な。当家にそのように者はおらぬ！」

と、撥ねつけられるはずである。

「だが、河野次郎兵衛を名乗った家中の者はきっといる。そいつに近付いた野郎もな」

外から寮を見張っている怪しい人影はないか。風太郎はそれも抜かりなく手の者を配していたが、怪しい者の姿はなかった。

寮番にも家守にも、貸していた寮に町方役人が訪ねてきたことは口外無用と釘を刺し、おいねは逃亡したが御用聞きの許に保護されていると気付かれぬよう、そっと動く――。

風太郎はそのように策を練り、一方では家守に詳しい事情を問い、河野次郎兵衛なる用人の人相風体を訊き出した。

それを元に、三雲家に出入りしていた渡り中間を見つけ出して、

「三雲様の御家中に、こういう人はいなかったかい。いや、先だって危ねえところをお助けいただいたものの、名も告げずに立ち去ったというお武家が、三雲様の御家中だと知れて、礼をしたいと言っていてな……」

存じよりの者から頼まれ、この武士を捜しているのだと、風太郎は心付を握らせ訊ねたものだ。

「へへへ、定廻りの旦那ともなれば、さぞかし方々から頼みごとをされるのでしょうね」

渡り中間をしていた男は、風太郎の軽妙な物言いにすっかり心惹かれて、

「そのお人はきっと、川田様に違いございません」

「川田……？」

「へえ。町の者とよろしくやって小遣い稼ぎをするのが上手でね。まあ、御家の実入りになる時もあるので、殿様からの覚えはめでてえようですぜ。だが、あのお人が人助けをなさるとは、こいつは見直しましたよ」

「人は見かけによらぬものだな」

「まったくで」

「町の者とよろしくやっていたというが、その中にはどんな奴がいた？」

「どんな奴、と申されますと」

「そうだなあ、紅屋とか呉服屋とか……」

「そういえば紅屋の男が時折来ておりましたよ。確か……。文五郎とか言っておりやした……」

「文五郎……」

おいねから話を聞いた時から怪しんではいたが、やはり文五郎が闇の女郎屋の元締であった――。

風太郎は、すぐに喜六の笠屋に出向き、おいねを前にして、

「いよいよ大詰だな。もう少しの辛抱だ」

と、力強く語った。

「まず、三雲家中の川田という用人を突ついても好いのだが、それより手っとり早いやり方がある。おいね、お前の恨みはきっと晴らしてやるからな」

話すうちに、小間物屋の礼次がやってきて、

「春の旦さん、おもしろい話を仕入れてきました。まあ聞いておくなはれ」

と、意気込むと、おいねを見て、

「これはおいねさん、何やすっかり江戸の女（ひと）になりはったな。ははは、お松姉さんの仕込みのお蔭でおますな」

彼女がすっかりと垢抜（あかぬ）けている様子に目を細めた。

あれから時折、芸者のお松はそっと〝笠喜〟へ訪ねて来て、おいねに年相応の着物の着方や化粧の仕方などを教授していた。

このところは、加助、佐吉の何（いず）れかに番をさせ、探索に出ている喜六は、自分の留守中にお松がしゃしゃり出てくるのが気に入らなかったが、お松がくる度においねには成熟した色香が身に付いている。

花街（かがい）の浮かれた風情ではなく、町の女のしっとりと落ち着いた美しさが表れていて、

――お松もあれで、心得た女なんだな。

と、見直さざるをえないのだが、色ごと師の礼次に指摘されると、好い気がしない。

礼次は調子に乗って、

「わたしがここへ連れて来た時はすっかりとやつれていたけれど、えらいもんでおますなあ。すっかりと笠屋の恋女房みたいで、人攫いの奴らも気付きまへんやろ……」

からからと笑った。

「小間物屋、無駄口叩いているんじゃあねえや！」

笠屋の恋女房みたいだと言われ、はにかむおいねを見て、喜六が礼次を詰った。

おいねはそっと匿っていたので、決して店先には出さぬようにしていたが、それでも監禁しているわけではないので、

「喜六親分の家に、ちょいと好い女がいるよ」

と、噂に上るようになっていた。

強面の御用聞きなので、茶化すわけにもいかないので、面と向かって喜六に、

「あの女は、親分の好い人なんですか？」

などと訊く者もなく、余計に人の興味をひいていたきらいがある。

乾分の加助と佐吉が代わりに訊ねられる時もあり、二人は、

「手が足りねえんで、親分の親類の女に来てもらっているのさ」

などと応えていた。

喜六は知らぬ顔をしていたが、女房と間違われていたことも耳に入っていて、むず痒い想いをしていた。

そこへさして礼次が、

「すっかりと笠屋の恋女房みたいで……」

などと言うので、ますますむず痒くなるのだ。

おいねも周囲の雑音は耳に入っているはずなのだが、そういう話が出た時は何も言わず口許に笑みを湛えている。

困った顔をすれば喜六に対して無礼だし、楽しそうな顔をするのも、どこか思い上がっていると考えているのであろう。

そういうほどのよさが、喜六の心を和ませていて、

——おいねのために、何としてでもふざけた野郎共を見つけ出してやる。

一方では強い闘志を燃やしていたのである。

それゆえ礼次に対しても、

「で、お前は旦那に言われて、何を仕入れてきやがったんだよう」

問い方が厳しくなる。

「えらいすんまへん。わたしの悪い癖で、つい無駄口を叩いてしまいました」

「極楽浄土、日々平安……。そいつを合言葉に客を引いている野郎の噂はどうだった？」

今度は風太郎が訊ねた。

花街に通じている小間物屋礼次の耳には、あらゆる遊びの情報が入ってくる。

風太郎は以前から礼次のそこに目を付け、盛り場に立っている噂などを仕入れてきた。

この度は、大工の卯之吉が酒場で、遊び人の男から根岸のとある寮で〝極楽浄土、日々平安〟と告げれば、そこには正しく極楽があると教えられたという一件を探らせたのであった。

「それが旦さん、確かにそいつはおりました」

「いたか」

「へえ、但し、この度は、〝西方浄土　天下泰平〟でおました」

「ふッ、合言葉を変えやがったか」

不夜城吉原の大門前から続く土手を、日本堤というが、官許の廓の前で、そ奴は時として現れ大胆にも、

「たまには、素人っぽい女も好いぜ」

と、隠し売女を勧めているという。

いささか格式張った廓遊びに飽きた者を拾う算段なのであろう。

おいねが逃げた後も、特に異変はない。既に根岸の寮はおいねが消えた翌日には引き払い、女達は上手く余所へ移した。

新たなところで、また女達に客をとらそうと考えたのに違いない。

噂を聞きつけた礼次は、吉原の遊びに飽きた若旦那を装って、日本堤をうろうろしていると、件のごとく遊び人の男から声をかけられたのだ。

「どんな野郎だった？」

喜六が身を乗り出した。

「小柄で丸顔。右の眉の上に大きな黒子がおました」

「それは勘六です……」

おいねがぽつりと言った。

「そうかい」

喜六はますます意気込んで、

「それで、お前、そいつの跡をつけたのかい」

鋭い目で礼次を見たが、

「馬鹿を言うな」

と、風太郎に窘（たしな）められた。

「そうでしたね……」

礼次は風太郎の手先のように振舞っているが、手札（てふだ）を授けられた御用聞きではない。

下手に跡をつけて気付かれでもすれば、囚（とら）われの身の女達は、また場所を移されてしまうであろう。

「礼次、続けてくんな」

「へい。〝西方浄土　天下泰平〟、その合言葉を使うところは、向島堀切（ほりきり）村の掛茶屋とか。そこのおやじに言えば、船で連れて行ってくれるとのことでおます」

「よし！　喜六、嫌かもしれねえが、すぐにここへお松を呼ぶから、言われた通りにするんだぞ」

「お松を……？　あっしがどうしてあの芸者の言われた通りにしなけりゃあならねえんで？」

「お前とおれを、遊びに飽きた好き者に変えてもらうのよ」

「何ですかい、それは……」

祈るような目を向けるおいねを尻目に、喜六は素っ頓狂な声をあげた。

七

その掛茶屋は、堀切の菖蒲が群生する一角から少し離れた、綾瀬川の辺にあった。

菖蒲が咲き誇る頃は、遊客で賑わうが、今は人通りもなく閑散としている。

そんな掛茶屋に現れた二人組。

白い帷子を粋に着流し、細身の太刀を落し差しにした武士と、夏羽織を肩に乗せた物持ちの商人風の男。

その正体は、売れっ妓芸者のお松に仕立てられた、同心・春野風太郎と、御用聞きの喜六であった。

「親爺殿、〝西方浄土　天下泰平〟、何かおもしろいことはねえかい」

風太郎がさりげなく問うた。

同心の姿をしている時も、それはそれでもて男の風太郎だが、どうしても役人の凄みと恰好のよさが出てしまう。

そのあくを取り払うよう、持ち物、着物の着こなしに至るまでお松に指南してもらった。

だが何よりも化けなければならないのは喜六であった。

御用聞きとしては勝れているが、年々親分としての貫禄が身に付き、潜入するには遊び心が足りなかった。

遠巻きにここを見張り、竹造達小者と共に、いざという時のための後詰に廻ってもよいのだが、それではおいねに好い恰好を誇れまい。

そこで風太郎は、自らが客として潜入し、物持ちの浪人と、それにいつもつるんでいる富商の好き者として喜六を供に掛茶屋を訪れたのである。

合言葉を言うと、茶屋の親爺はゆったりと頷いて、

「はて、おもしろいかどうか、わたしにはさっぱりわかりませんが、とにかく船へご案内いたしましょう。降りたところに気の利いたおもてなしが待っているとか」

二人を近くの船着き場へ連れていってくれた。

親爺は六十絡みの人のよさそうな男で、合言葉を聞いて船着き場に案内すれば、その度にいくらかもらえるらしい。

余計な口は利かず、言われたことはきっちりと守るのが身上で、繋ぎ役を任されているのであろう。

船が着いた先で何が行われているかは、まったく知らされていないようだ。

それは船着き場で控えている船頭も同じらしく、こちらも六十になろうかという老人で、

「へい、お連れいたしますでございます」

風太郎と喜六を船に乗せると、慣れた手付きで棹を操り、渋江村の川辺で二人を降ろした。

「あちらでごぜえます」

そこには古びた百姓家が建っていた。

かつては庵風の料理屋であったのだろうか。

それをどこかの隠居が物好きで寮として使っている。そんな風情が漂っていた。

板屋根の木戸門の前まで出て、切戸を叩くと、

「へい。何か御用で?」

含みをもった男の声が返ってきた。

「西方浄土、天下泰平」

喜六が応えると、切戸が開いて目付の鋭い男が顔を覗かせた。

「遊ばせてもらうよ」

風太郎がにこやかに声をかけると、

「まずは中へ……」

男は太っていて、少しばかり動作が鈍く、頭も弱そうだ。おいねが言っていた米造の特徴に一致する。

「楽しみにしていましたよ」

喜六が破顔した。

お松の指南によって髷も細めに結い、眉も美しく揃えると、なかなかに通人風となっていた。

風太郎は、喜六と切戸を潜ったが、この家の周囲で息を潜める、小者の竹造達の気迫を五感に覚えていた。

母屋に入ると、この家の主らしき男が恭しく出てきて、品定めをするような目を二人に向けてきた。

「本日はまた、どこでこちらをお聞き及びになられましてございます」

「日本堤でぶらぶらとしていたところ、我らの連れが声をかけられたのだ」

風太郎が応えると、主はにこやかに頷いた。

「左様でございましたか」

「して、ここにはどのような浄土が広がっているのかのう」

「遊ぶのはそれ次第とさせていただきましょうか」

喜六がちらりと革財布を見せて続けた。

「きっとお楽しみいただけましょう。まずはこちらへ……」

主に連れられ、二人は母屋の廊下を辿ると、蔵に繋がる一間に出た。蔵には頑丈な扉があり、中を覗けるようになっていた。

「このようなところでございます……」

主は小窓から中を覗くよう、風太郎に勧めた。

「これは胸が躍るのう……」

風太郎が中を覗くと、天女のような衣裳を着た女達が居並んでいる。

「ほう、よりどりみどりというところかな？」

「はい。お好きな女を……」

「ふふふ、天から女を攫うて参ったか」

「ははは、そのようなところでございます。ならばこれより中は、お腰の物をお預かりさせてくださいまし」

　主は揉み手をして、

「お一人様、二分をちょうだいしております」

「腰の物を預けて、二分か……。それはなるまい」

「何ですと？」

「お前を引っ捕える。神妙にいたせ」

　言うや風太郎は抜刀して、峰打ちに主を叩き伏せた。

　同時に喜六が戸を蹴破って庭へ出ると、呼び笛を吹き鳴らした。

　十手は潜入に邪魔になるゆえに、竹造に預けてある。

　喜六も同様ゆえ、風太郎は腰に差していた九寸（約二七センチ）の鉄扇を、喜六に投げ与えた。

「おのれ！」

　そこへ二人の用心棒に、勘六、米造と思しき男が二人、風太郎と喜六に襲いかかった。

　かくなる上は、この二人が何者であっても構わない。まず斬り殺して脱出せんと自棄になったのだ。

しかし、日頃の軽妙さとは打って変わって、太刀を揮う風太郎の姿は豪快であった。

斬りつけてきた用心棒の一人の太刀を右にかわすと、そのまま逆胴を見舞い、喜六に斬りかからんとする今一人に足払いをかけた。

一人は息が詰まり、今一人は脛を打たれてその場に倒れた。

「手前が勘六か！　米造か！」

喜六は風太郎から与えられた鉄扇で、匕首をかざす二人相手に大暴れをした。

たちまち米造らしきうすのろの額を丁と打つと、勘六らしき男は、息を吹き返した主と共に逃げ出した。

しかし、その頃には竹造達捕り方がこの家に殺到していて、たちまち二人を捕えて縄を打った。

「旦那！　惚れ惚れしましたぜ」

用心棒二人に縄を打ちつつ、喜六が風太郎に頰笑んだ。

風太郎はふっと笑うと、

「長えのを振り回すと、何やら照れちまうな……」

すぐに太刀を納めた。

そうして竹造に蔵を開けさせて、喜六にひとつ頷いた。喜六は畏まってみせると、

「おい！　もう大丈夫だ、安心しな。南町の旦那がお助けくださったぞ！」

中の女達に大声で言った。

女達から溜息が漏れて、それがやがて、すすり泣きに変わった。

「この中に栗橋から来た、おふくはいるか！」

喜六がさらに叫ぶと、一人の女が走り出て来て、名乗るより先に、

「おいねは……。おいねは無事でございますか？」

と、手を合わせた。目許、口許がおいねによく似ている。

「ああ、無事だ！　お前も無事で何よりだ！　妹は、ほんに強え女だな。大したもんだ……」

喜六は勇んで応えると、おふくより先に涙を浮かべてすすりあげた。

風太郎はその姿を愛でながら、

――これで喜六も、ちょっとは女にやさしくなるだろう。

と、心の内で呟いていた。

八

おふくの証言で、隠れ女郎屋の主は、紅屋の文五郎と判明した。

喜六の見当も間違っておらず、匕首を抜いて襲ってきた二人が勘六、米造であったことも知れた。

おいねに逃げられたと知れても、すぐに根岸の寮を引き払い、ところを変えれば女郎屋を続けられると考えたのは、まったく面の皮の厚い話であった。

しかし、文五郎が語るには、まさかおいねが御用聞きの許へ逃げ込んでいたとは思いもかけなかった。

「川へ足を滑らせて、死んじまったと思っておりやした」

であったそうな。

おいねは、根岸の寮から逃げる道中、勘六、米造達の目を晦まさんと考え、暗闇の中咄嗟に着ていた半纏を川へ投げ込んでいた。

それを聞いた風太郎が、堀川辺りに、

「どこからか逃げてきた女郎が、夜の闇に足をとられ、川へ落ちて死んでしまったが、身許がわからず仕舞だ」

そんな噂を流させたのだが、それが功を奏し、文五郎達の耳に入ったのである。

おふく達囚われの女達は、場所を変えて客をとらされることになるが、隠れ女郎屋が続けばいつか巡り合えるはずである。

風太郎は何よりも手っ取り早く、女達に辿り着くのは客になればよいと考え、思いの外早く解決を見たのだ。

文五郎は以前から街道筋で、身寄りのない女達を物色し、江戸での暮らしを持ちかけ、道中に攫い脅して女郎にしてしまうという、悪事を繰り返していた。

勘六、米造、その他一味の者は悉く捕えられ、三雲家にも川田用人に対する取り調べが入った。

それはさておき、風太郎の活躍で女達は無事救出され、文五郎達から召し上げた金からお助け金が下げ渡され、ある者は国へ帰り、ある者は奉公先を見つけ、新たな暮らしを送ることとなった。

おふく、おいね姉妹の勇気は称えられ、感動の再会を果たした二人は、駒込目赤不動門前の掛茶屋を任されることになった。

あの文五郎が持ちかけた話は嘘で、高輪大木戸で掛茶屋を営んでいた老夫婦は、二年前に亡くなっていた。

だが、子がなく店を任す者もおらず、受け継いでくれる人がいればと願う老夫婦は他にもいるはずだ。

そう思って奔走したのは喜六であった。

おいねが家へ来てから、喜六は懇意にしている御用聞き仲間達に、その由を頼んでいたのである。

「親分……、何とお礼を申し上げていいやら……」

おいねは、喜六に熱い眼差しを向けると、

「本当にご迷惑をかけてしまいました」

何度も何度も頭を下げた。

礼次がおいねを連れて来て、風太郎から面倒を見てやれと言われてこの方、喜六は二階の一間をおいねのために空けて、加助と佐吉に手厚く世話をさせつつ、おふくを見つけんと奮闘してくれたのだ。

何よりも、自分達姉妹を酷い目に遭わせた男達もいれば、喜六のような情に厚い硬骨漢もいる。

芸者のお松が言った、

「世の中、そう捨てたものじゃあ、ありませんよ……」

という言葉が身に沁みてわかったのが、ありがたかった。

「お蔭さまで、姉さんと二人、前を向いて生きていけます。駒込にお立ち寄りの折はきっと……」

おいねは、喜六や風太郎から受けた恩は、働いて必ず返すと言って、夏のある日、笠屋を出て新たな住まいへ出かけた。

「喜六、お前も馬鹿な奴だな」

姉妹が去ると、風太郎は喜六を誘って馴染のそば屋で一杯やりながら、少し呆れた顔で言った。

「何かしくじりましたかねえ」

「ああ、しくじった」

「何です?」

「あの姉妹をどうして笠屋に置いておかなかったんだ」

「二人を置けるほどの笠屋じゃあありませんよう」

「あの二人が仕切れば、笠屋も繁盛したはずだぜ」

「そりゃあ、まあ……」

「それで、おいねをお前の女房にすりゃあよかったんだ」

「よしにしてくだせえよ」

「何を照れてやがるんだ。おいねはお前が望めば言う通りにしたんじゃあねえのかい」

「そうですかねえ」

「ああ、そうだったよ。姉のおふくも縹緻好しだ。不幸なことがあったかもしれねえが、お前の姉になるんだ。女房に望む者はいくらでもいるだろう」

「旦那……」

「二人がいたって、すぐに収まるところへ収まっただろうという話だ」

「へへへ、勘弁してくだせえ。あっしは、女房なんて面倒な者はいりませんや」

「わかっているよ。だが、その考え、少しは変わっただろう？」

「さて、どうでしょうねえ」

「変わったよ。変わっただろう。変わったと言え」

「仕方がねえなあ……。へい。少し、少し変わりました」

「それでよし。おれも、お前を見ていて、少し変わった」

「そいつは何よりでさあ」

「たまには、駒込の掛茶屋を覗いてやんな」

「へい。そういたしやす」

「だが、やっぱりもう少し、おいねを雨宿りさせておけばよかったな」

「いえ、秋の長雨は、もうとっくに過ぎておりやすから……」

ニヤリと笑う風太郎の前で、喜六はしみじみと言った。

第三章　やさしい男

一

数寄屋河岸に、〝山本屋〟という米屋がある。

町家相手の小体な店であるが、四十絡みの主人・長五郎は俠気に富み、面倒見もよいので、町内の者からは慕われている。

南町奉行所からはほど近く、定町廻り同心・春野風太郎は、見廻りの中にここへよく立ち寄る。

長五郎から町の噂を仕入れるためでもあるが、店の隅で売っている餡餅が目当てなのだ。

枡酒屋の隅で、一杯飲みたがる客のために場を供するうちに、肴も出すよう

になり、そこから居酒屋が生まれたわけだが、

「うちは米屋だから、店の隅で餅でも出そうか」

という長五郎の発案で餡餅は売られるようになったという。

入れ込みの土間と、店の表に長床几を置き、小女に茶を運ばせて、小さな茶屋の体にしたのだ。

酒好きではあるが、甘い物にも目がない、所謂〝雨風〟の風太郎には、ここで食べるほどよい甘さの餡餅は堪えられない。

小腹が空いた時などは、長五郎の話を聞きつつ足を休め、茶を飲みながら餡餅に舌鼓を打つのである。

長五郎から聞く話はというと、誰々が嫁をもらったとか、子を産んだとか、新たに店を出したとか、とり立てて風太郎の気を引くものもなかった。

ゆえに、心に残るのは餡餅の味ばかりなのだが、師走に入ったばかりのその日、長五郎が耳寄りな話を風太郎にもたらした。

「町内の者達と相談いたしまして。年忘れに相撲会をしようという話がまとまりましてございます」

尾張町界隈の力自慢を募って、空き地に土俵を拵え、大いに盛り上がろうで

はないかと、言うのだ。

「熊三が女房と縒りを戻す、好いきっかけになればと思いましてね」

長五郎は、概容を熱く語った後、囁くように付け加えた。

「おお、なるほど。うん、そいつは好いきっかけになるだろうよ」

風太郎は、ニヤリと笑った。

――米屋の主も、お節介な男だ。

と思いつつも、この話にはほのぼの、わくわくさせられる。

熊三というのは、三十過ぎの〝山本屋〟出入りの米搗きである。

身の丈六尺（約一八〇センチ）もあろうかという大男で、力も強いのだが、心がやさしく、動物や草木を愛で、年寄り、女子供に親切ゆえに、

「熊さん、熊さん……」

と、誰からも親しみの目を向けられている。

俠気に富む長五郎のことであるから、彼は熊三を大いに気に入っている。

何かの折には頼りになる旦那だと、風太郎にも引き合わせ、以来、餡餅を食べに寄る姿を見かけると、

「旦那、お出ましでございましたか……」

熊三は独特の言い回しで、少し恥ずかしそうに頭を下げる。

いつも気さくに言葉を返してくれる風太郎を、明らかに慕っている様子が見てとれて、真に頬笑ましい。

そうなると風太郎も熊三が気になって、

「あの米搗き、おれは贔屓にしているよ。あいつはいってえどういう男なんだい？」

長五郎に熊三の身上を訊ねたものだ。

「よくぞ訊いてやってくださいました……」

長五郎は、その言葉を待っていたかのように、熊三の人となりについて語り出した。

それによると、熊三は親の代からの米搗きであったが、二十歳の時に二親に死に別れた後は、〝山本屋〟出入りの米搗きとして仕事に励んだ。

そのうちに、店の奉公人であったおこいと惹かれ合い、夫婦となった。

すぐに聡太郎という子を授かり、それを機におこいは店を出て、良人を支え、子育てに励んだ。

長五郎は何かというと、母子を呼び寄せて、店を手伝わせるのを口実に小遣いを与えてやり、熊三共々引き立ててやったという。

ところが、誰の目から見ても仲のよかった熊三とおこいは、やがて夫婦別れをしてしまうことになる。

「熊三は随分とやさしい男じゃあねえか。何故そんなことに……」

それを聞いた時、風太郎は大いに首を傾げたものだが、

「それが、そのやさしさが仇になったのでございます」

であったそうな。

熊三のやさしさに付け入った女が、彼を騙し金を掠め取ったのだ。

女は仲間内でよく行く酒場の酌取で、逃げた亭主との間に子供が一人いて、暮らしに困っているというのが口癖であった。

そんな話をして、酔客の哀れみを誘い、幾らか心付を引き出そうというのが魂胆であるのは、誰もがわかっている。

それでも女には哀感が漂い、

「まあ、騙されたと思って、少しくれえやりゃあ好いじゃあねえか」

男達は、これも遊びの内だと、僅かばかりの銭を握らせてやるのであった。

しかし、熊三だけは、

「そうかい、そいつは気の毒だなあ」

と、親身になって女の話を聞いてやった。

仲間達は、熊三が洒落で耳を傾けてやっているのだと思っていたが、本人はいたって真面目で、

――おこいと聡太郎が、おれと死に別れたら、大変な想いをするのだろうな。

そこへ気が及ぶと、放っておけなくなったらしい。

〝遊びの内〟にしては、多めに銭を握らせてやるようになった。

酌取り女は、熊三を〝好い鴨〟だと捉えた。

そのうちに、熊三が一人の時を狙って、身の不運を語るようになり、熊三が仕事に出かけるところに偶然を装って、子供連れで通りかかったらしい。

そんな時はいつも、女は目に涙を浮かべ、子供を先に行かすと、

「あの子は、ろくな暮らしをさせてくれない親を恨んでいるのでしょうねえ」

などと嘆くのだ。

本当は女に子はなく、その辺にいる悪童に飴を与えて、子供のふりをさせていたのである。

それでも心根のやさしい熊三は、女を疑わずに、

「酌取りなど辞めて、何か小商いでもできりゃあ好いなあ」

などと慰めた。

そのうちに、女は熊三のやさしさに胸を打たれて、心から惚れてしまった。

心やさしくて力持ちの熊三に抱かれることで、この世のうさを晴らしたくなり、誘いをかけたのである。

やさしい熊三は、これを無下に出来ず、つい据え膳を食ってしまった。

しかし、女には性質の悪い情夫が付いていた。

女を寝取られたと、熊三に難癖をつけて金を出させようと考えたのであるが、熊三は若い頃に素人相撲で鳴らし、喧嘩無敵と言われている。

「手前、おれをこけにしやがって、ただですむと思うなよ」

と、女の方を脅した。

女は元より性悪女である。

情夫の言いなりとなって、

「熊さん、お前さんが言ってくれたように、あたしは小商いを始めようと思うんだよ」

と持ちかけた。

ちょうど小体な汁粉屋を譲ってくれるという人がいて、今まで貯めてきた金に、あと二両足すだけで、自分の店を持てる。

居付の店なので、子供を手許に置いて仕事が出来る。

「あの子のためにも、何とかしてやりたくてねえ」

と泣きついたのだ。

来月になれば、故郷から叔父が江戸に来て、三両の金を工面してくれることになっているのだが、それを待っていては他人に先を越される、何とかならないであろうか――。

熊三はこれに乗ってしまった。

小商いを始めたら、もう熊三のことは思い切り、子供と二人で生きていくと誓った、女の言葉を受け止めたからだ。

女に押されて、わりない仲になってしまったことを、熊三は深く悔んでいた。

恋女房のおこいのためにも、後腐れなく別れてしまいたいと思っていた矢先であった。

熊三にとって二両は大金であったが、故郷の叔父が来たら返してくれるなら、一分は祝儀で包み新たな門出を祝ってやろうと思い金を手渡したのだ。

だが、二両を手に女は情夫と消えてしまった。

その際、情夫は腹いせに、おこいをそっと捉(とら)えて、

「二両は手切れ金にもらったぜ」

と、すべてをぶちまけて立ち去ったのである。

おこいは、熊三の馬鹿さ加減に怒り、聡太郎を連れて家を出た。

熊三は、すっかりと落ち込んでしまい、

「おこいにも、聡太郎にも合わす顔がない」

と、失意の日々を送った。

「おこいは好い女だ。おれなんかといちゃあいけねえんだ」

そして、おこいがいつでも再嫁(さいか)出来るようにと、長五郎を間に立て、三行半(みくだりはん)を渡し、

「こいつを聡太郎に……」

と、毎月自分の稼ぎの半分を、息子に届けてもらうことにした。

これには長五郎、大いに面喰らった。

少し間を空けた方がよかろうと気を利かして、母子を余所(よそ)へ移したものの、おこいは夫婦別れをするつもりなどなかったのである。

それが、半年前のことであった。

この話を風太郎に打ち明けた時は、長五郎も、

「まずそのうちに、熊三も頭を下げて、女房子供を迎えに行くでしょう」

と、高を括っていたのだが、熊三の落ち込み様はいつまでたっても変わらず、
米搗きの仕事に打ち込んで、

「あっしが未練を残さねえことが、おこいと聡太郎のためなのでございます」

と、長五郎がどのような助け船を出してやっても、それに乗ってこないのだ。

風太郎の目には、

「熊三は、人に誇れるものが何もないと思い込み、世を拗ねてしまったのだな」

と映り、

「何か己の値打ちに気付くようなことがあればなあ」

彼はそのように熊三を思いやった。

女房子供に自分の好いところを見せつけられたら、それをきっかけに改めて詫びを入れ、

「戻ってきてくれねえか」

と、言えるのではなかろうか——。

「旦那の仰る通りでございます」

それならばと長五郎が思いついたのが、町内の相撲会であった。

もう長年そのような催しはしていなかったので、主だった者達は、

「久しぶりに盛り上がるはずだ」

と、長五郎の提案に賛成した。

その上で、誰もが熊三が勝ち残ると予想した。

熊三の勝利がほぼ決まっているのなら、

「相撲会などしてもおもしろくないではないか」

という者もあったが、

「何を言っているんだい。勝負は時の運。誰が番狂わせをするか。それを見るのがまた楽しいんじゃあないか」

と、長五郎は話を進めたのである。

それでも長五郎は、心の内では熊三の勝利を信じて疑わず、自信が付いた熊三に、おこいとの復縁話を持ち込み、一気に夫婦に縒りを戻さそうと目論(もくろ)んだのだ。

風太郎には、長五郎の意図がよくわかる。

長五郎のお節介(せっかい)を笑いつつ、

「こいつは近頃おもしれえ話だ。おれも楽しみにしているよ。困ったことがあったら言ってくんな、力になるからよう」

彼もまた、胸を叩いてみせたのである。

二

相撲会の話が決まると、尾張町界隈は湧き立った。

そもそもお祭り好きの住人達は、このところこれといった話題もなかっただけに、

「まず、米搗きの熊三に敵う者はいねえな」

「奴(やっこ)さんが、いかにして勝つか、そいつが見ものだな」

「いや、熊三に誰が食い下がるか、そいつを見てみてえや」

「ひょっとすると、熊三を負かす者が出てくるかもしれねえや」

「よし、おれも名告(なの)りを上げてやろうじゃあねえか」

などと、たちまちこの話で持ち切りになったのである。

長五郎は御満悦(ごまんえつ)であった。

おこいと聡太郎も、方々で熊三の噂を聞けば誇らしく思うはずだ。

母子は、現在、築地本願寺門前の菓子店に身を寄せている。

かつて〝山本屋〟の奉公人であった老夫婦が営んでいて、ちょうど手伝ってくれる人を探していた。

おこいとは顔馴染であったし、六歳になる聡太郎は利発で愛らしく、夫婦は自分達の孫のようにかわいがっているという。

店には六畳ほどの部屋が二階にあり、母子はここで店の仕事をこなしつつ、穏やかな日々を過ごしているのであった。

聡太郎は、父親である熊三を慕っていたから、どうして離れて暮らさなければならないのかと悲しんでいるが、

「お前のお父っさんは、仕事が忙しくて、方々に出かけているから、なかなか家に帰ってこられないのさ。そのうち落ち着くから待っていておくれ」

と、おこいに宥められ、聞き分けのよい聡太郎は、その日を心待ちにして大人しく暮らしている。

手習いにも通い始めたし、店の老夫婦もあれこれ構ってくれるので、寂しくはないようだ。

おこいが、〝そのうち落ち着くから〟と言い聞かせているのは出任せではない。

熊三がおかしな女と通じ、金を騙し取られたと知った時は、本当に腹が立った。

だが、性悪女が一時惚れてしまうほどのやさしさを持ち合わせている男など、そういるものではない。

女を受け入れたのも、嘘とはいえ相手の哀しい事情にほだされてのことで、いかにも熊三らしい。

深く悔いて、詫びたのだから、許すつもりでいたし、長五郎が上手く間を取ってくれたので、時と共に怒りも収まった。

しかし、熊三は思い詰めて、おこいのためなのだと、三行半まで書いて寄越してきたのには呆れてしまった。

おこいなら、連れ子がいたとて、いくらでも妻に望む男はいるだろうと言うが、元より熊三と別れて再嫁するつもりなどない。

熊三とて新しい女房をもらうとは思っていないのだから、何のために長い間別れて暮らさねばならないのであろうか。

「もう少しだけ熊三に間を与えてやっておくれ。おれが悪いようにはしねえから」

長五郎がそう言ってくれるので、まだ夫婦のつもりでいるが、こっちが許すと言っているのに、

「許されるものじゃあねえや……」

と、夫婦別れをした気でいる熊三には、まったく苛々とさせられる。

とはいえ、夫との間には愛息の聡太郎と、恩人の長五郎が鎹となっている。

まずそのうちに何とかなるであろう。

苛々とするが、くよくよするのは止めようと、おこいは気を落ち着けているのだ。

周りの者達は、熊三とおこいが夫婦別れをしてしまったとは思っていない。

ちょっとした不始末をやらかしたので、今は女房、子供と間を取っているが、

それがいかにも熊三らしく、

「どのきっかけでまた一緒に暮らすのか、ちょいと楽しみだな」

などと言い合って、相変わらず〝熊さん〟と親しんでいる。

そこへ、長五郎が相撲会を企んだので、

「相撲に勝って、それを土産に女房子供を連れ戻すつもりなんだろうな」

熊三の動きを読んで、酒の肴にしていたのである。

おこいと聡太郎の耳にも、相撲会の話は届いていた。

聡太郎は、自分の父親が滅法強い男だと知らされて、素直に喜んだし、おこいも長五郎の意図がわかるので、良人の栄光を共に嚙み締め、新たなる夫婦の暮らしを頭に描き、

「旦那さん、お気を遣っていただいて、ありがとうございます……」

と、長五郎に深々と頭を下げたものだ。

春野風太郎は、今噂の相撲会については、長五郎から直に聞いていたし、熊三からは慕われこの話の中心にいるので、上機嫌であった。

しかし、御用聞きの喜六は、若い頃から腕っ節の強さが売りであったから、少しばかり熊三には張り合う気があるのか、

「熊三、熊三って言われると、ちょいと口惜しくなりますねえ」

と、風太郎にこぼしていた。

「そんなら喜六、お前も名告りを上げたらどうだい?」

「そうしてえところですがねえ、あっしは町内の者じゃありませんしね。仮りに土俵へ上がったとして、もし不覚をとるようなことになれば、御上の御用を聞く者として恰好がつきませんや」

「なるほど、そいつは惜しいな。お前が熊三を負かすところを見てみたかったぜ」

「へえ、あっしも残念でございますよ」

などと、負けず嫌いの顔を見せていた。

風太郎は、何かというとぼやいてみたり、強がってみたりする喜六を見ていると大いに楽しいのだが、

「それにしても熊三は、そんなに強えのかい？」

まだ見たことのない、熊三の腕のほどが気になっていた。

若い頃は素人相撲で鳴らし、喧嘩無敵と恐れられた熊三であるが、いつもにこにことして、気はやさしくて力持ちを絵に描いたような様子からは、なかなか想像出来ないのだ。

それだけに、いざとなった時に見せる熊三の引き締まった顔、五体に漲る気迫を早くこの目で見てみたかった。

「へい。そりゃあ、強えらしいですぜ。あっしは見たわけじゃあありませんがね……」

「見た奴らは何と言っているんだい？」

「この辺りに、仁王の剛太郎という、腕っ節の強え野郎がいたそうで……」

「仁王の剛太郎……。いかにも強そうだな」

「へい。熊三よりまだ一回り大きな野郎だったそうで」

「熊三よりもでけえとなりゃあ、まさしく仁王だな」

剛太郎は大道の芸人で、道端に転がっている大岩を持ち上げたり、枯木を根こそぎ抜いてしまうという力業で名が知られていた。

そのうちに、

「おれに相撲で勝ったら二分を差し上げよう」

と、道行く男達に持ちかけ、一番百文で勝負した。

この大力の男に相撲を挑んで、負けたとしても恥にはならない。

「おれがどれほど強えか見ていろ」

とばかりに、話の種に対戦する力自慢が、方々から集まった。

しかし、誰がかかっても、剛太郎はびくともせず、あっという間に投げとばされるか、張り手ひとつで倒された。

こうなると、処のやくざ者達が、仁王の剛太郎を魔除け代わりに家に置くようになり、剛太郎も調子に乗って、方々で用心棒のように振舞い始めた。

「仁王の兄ィ」

などと持ち上げられると、大道芸などする気もなくなった。やがて大力を誇り、強請(ゆすり)たかりに手を染めるようになり、町の鼻つまみ者に成り下がった。

それがある日、剛太郎は、

「滅法力の強い米搗きがいる」

との噂を聞きつけた。

それが熊三である。

剛太郎は、そんな者がいるなら、自分が叩き潰してやると、己が強さをさらに誇らんとして、

「おい、熊三ってえのはお前か。どうでえ、二分くれてやるから、おれと一番相撲を取らねえか」

と、持ちかけた。

「そんな、とんでもねえことでございますよ」

熊三はこれを拒んだが、

「何でえ、手前逃げやがるか。三つ数えるうちに勝負はつくぜ。取って食おうとはしねえや。あっという間に二分だ。悪い話じゃあねえだろう」

剛太郎はしつこく言い募り、

「どうでも相手をしてもらうぜ」

と、仕事場にまで乗り込んできて、強引に迫った。

周りの者達に迷惑がかかると思った熊三は、遂にこれを受けた。

「そうかい、そいつは好い分別だ。このおれと好い勝負をすりゃあ、お前の名も上がるぜ。そん時は、お前の願いごとを何でも聞いてやろうじゃあねえか」

剛太郎はそう言って、町の空き地で勝負に臨んだのだが、立合うや熊三の突進を食らって、あっという間に伸びてしまった。

「なるほど、そいつは大したもんだ」

話を聞いて風太郎は、手に汗を握った。

あの人懐っこく笑顔を向けてくる熊三に、そんな過去があったとは――。

「で、そん時、熊三は何を剛太郎に願ったんだい？」

「へい、それが、なかなか好いことを言ったそうで……」

熊三は、やがてふらふらと起き上がった剛太郎に、

「力が強いのは、人に自慢できることだ。だが、それを悪いことに使っちゃあいけねえ。これからは、人にやさしくしておくれよ」

と、願ったのである。

剛太郎は、深く感じ入り、

「お前の言う通りだな。おれが間違っていたよ」

しみじみと言って、そのまま町を出て姿を消してしまったのだ。

熊三はというと、剛太郎に勝ったことを一切誇らず、その後、町で若い者同士の大喧嘩が起こった時は、

「そんなに喧嘩がしたけりゃあ、皆まとめておれが相手になってやるぜ」

と、両者を薙ぎ倒し、喧嘩を仲裁したという。

それが、もう十年前のことになるのだが、以来、熊三は相撲名人、喧嘩無敵の心やさしき男として人気を博し、おこいに慕われやがて夫婦となったのだ。

この度、新たに相撲会が開かれ、あの日の熊三の雄姿を再び拝めると聞き、町の者達が大いに盛り上がるのも無理はない。

熊三には勝って自信を取り戻してもらい、これを機に夫婦仲を戻し、万々歳となるのを誰もが望んでいるのだ。

風太郎もその一人であった。

ところが、当の熊三はというと、

「あっしも三十を過ぎました。今さら力自慢をするつもりはありませんので、どうぞ若い衆でやっておくんなさい」

相撲会への参加を渋り、長五郎を困惑させたのである。

三

いかにも熊三が言いそうなことだと、町の者達は改めて熊三の奥ゆかしさ、やさしさを称えたが、

「といって、熊三が相撲会に出ねえのはどうなんだろう」

「ああ、そんなら相撲会などしたって、何もおもしろくはねえや」

熊三の欠場を許さなかった。

おこいも聡太郎も楽しみにしているのである。

この機会を逃したら、熊三が再び女房子供とやり直すきっかけが遠のくと、長五郎も、

「熊め、人の気持ちも知らねえで、何を言ってやがるんだ」

と、納得がいかなかった。

「熊、お前、出ねえというのかい？　そいつは大きな考え違いだ。この山本屋長五郎の想いも、おこいと聡太郎の想いも、踏みにじろうてえのかい」

遂には熊三に直に苦言を呈し、出場を促したのであった。

熊三はそれでも渋ったが、おこいと聡太郎が楽しみにしている。これに勝って、連れ戻せば好いではないかと説かれると、

「へい。そういうことでしたら、お受けいたしますでございます……」

漸く承知したのである。

これでまた、町は大いに盛り上がった。

若い者達に花を持たせようとする、熊三の殊勝な心遣いがまた、町の者達の心を大いに和ませたものだ。

相撲会の日は、師走の二十日と決まり、熊三人気に乗じて、

「おれは熊さんの胸を借りて、男になってやるよ」

と、次々に名告りを上げる者達が出てきた。

世話人の長五郎は、

「熊、お前、よく分別してくれたな。ありがたく思っているよ」

と熊三に告げて、

「とんでもねえことでございます。あっしの不始末から、旦那さんにあれこれご足労(そくろう)をかけてしまいました。許してやっておくんなさいまし」

熊三を大いに恐縮させたのであった。

「まず、こんな騒ぎなら、何度起こっても好いってもんよ」

風太郎もまた、相撲会を楽しみにしていたのであるが、それが五日後に迫った時、思わぬ事件が起こった。

熊三が夜に一杯引っかけに出て、家へ戻る道で辻斬りに襲われ、右足の脛(すね)に峰打ちを受け、大怪我を負ったのだ。

幸い、命に別状はなく、奪われた財布にも僅かな金しか入っていなかったものの、熊三の右足は大きく腫(は)れあがり、とても五日後に相撲を取れる状態ではなかった。

何とか、這(は)うようにして長屋へ戻った熊三を大家が見かけ、この一件が発覚した。

「皆に迷惑がかかりますので、どうぞ内々のことにしておくんなさいまし」

熊三は大家にそう言ったが、今や彼は時の人である。内々のことになど出来るはずはなかった。

すぐに噂は広がり、長五郎の悲嘆は激しかった。

「旦那さん、申し訳ございません。こんな無様な恰好で、合わす顔もございませんや」

熊三は、涙ながらに詫びたが、

「何を言っているんだい。悪いのはお前を襲った奴じゃあないか。命があってよかった。気にすることはないさ」

長五郎は口惜しさを抑え熊三を労った。

「お願えでございます。相撲会には……」

「わかっているよ、その足で相撲など取れるものじゃあねえや」

「あっしは出られずとも、相撲会を楽しみにしている若い衆もおりましょう。取り止めにはしねえでおくんなさい」

「うん、そうだな。お前はどんな時でも、やさしい男だねえ。わかったよ、取り止めたりはしないよ。お前にも観てもらいたいからねえ」

「相撲は取れなくても、何とか米搗きの仕事はできますので、十日ほど待ってやってくだせえ」

「無理するんじゃあないよ」

「いや、おこいと聡太郎に、稼いだ銭を届けてやらねえといけませんから……」

「そんなことは心配しなくていい。そのうち働いてもらうから、今はおれに任せておきな」

「何から何まで、相すみません……。別れたとはいえ、おこいと聡太郎も気を揉むかもしれませんので、そこはうめえぐあいにお願い申します」

「わかったよ。人の口に戸は立てられないが、できるだけ耳に届かぬようにしておこう。何か言ってきたら、ちょいと怪我をしてしまって、相撲は取れなくなったが、本人は達者にしていると言っておこう」

「ありがてえ……。ありがてえ……」

熊三は、足の痛みを堪え、頭を下げ続けた。

その姿に触れ、長五郎の辻斬りへの怒りは倍増した。

「まったく酷い奴だ。お前には相撲会で勝ってもらって、それを土産に女房子供と縒りを戻してくれたら、これほどのことはないと思っていたものを」

熊三には、長五郎の想いがわかっていただけに、彼を失望させたのが、何よりも悲しかった。

それでも、こんな目に遭わされても、

「あっしを襲った奴も、随分と困っていたのでしょうよ。だから相手を殺さずに、峰打ちで動けなくしておいて、財布を奪(と)った……。よくよくのことがあったのではねえですかねえ」

熊三は、自分を襲った男を庇(かば)うような物言いをした。

男はいきなり傍らの雑木林の茂みから出てきたかと思うと、目にも止まらぬ早(はや)業(わざ)で抜刀し、熊三の右足を峰打ちにした。

暗がりの中でよく見えなかったが、浪人者で手拭いで深く頬被(ほっかむ)りをしていた。

「命は取らぬ。すまぬが財布を出してもらおうか」

そして、足を押さえてその場に倒れた熊三に、落ち着いた口調で言った。

熊三は、左足一本でこ奴を突き倒してやろうと思ったが、浪人は見事な太刀捌(さば)きを見せていた。

手傷を負いながら、徒(いたずら)に逆らわない方が好い、相手を逆上させると、命を奪われかねないと思い、素直に財布を渡したのだ。

「どうせ、幾らも入っておりやせんでしたからね。それにしても暗がりでよくわからなかったのかもしれやせんが、よりにもよって、けちな米搗きの財布など、どうして狙ったんでしょうねえ」

余ほど困っていたのであろうが、財布の中を見て、さぞや嘆いたに違いないと、熊三は辻斬り浪人を思いやり、長五郎を呆れさせたのである。

四

確かに、考えようによっては、熊三の命までも奪わず、

「すまぬが財布を出してもらおうか」

と言って熊三の財布を奪い、走り去ったという辻斬り浪人は、どこか憎めないところを持ち合わせている。

だが、熊三が相撲会に出られなくなったことが、どれだけの者達の楽しみと期待を奪ってしまったか計り知れない。

「その辻斬り野郎、捕えてやらねえと、すっきりしねえや」

「へい、旦那の仰る通りで。まったくふざけた野郎でございやすねえ」

同心・春野風太郎と、御用聞きの喜六は、思わぬところで自分達に出番が廻ってきたものだと当惑しながらも、この一件の解決に乗り出していた。

「まず、辻斬り野郎もふざけておりやすが、熊三の奴も話していると苛々として

きますぜ」

喜六は、襲われて骨にひびが入ろうかという怪我を負わされながら、襲った相手にやさしさを向け、どこか他人事のような物言いをする熊三が気に入らなかった。

「さすがは酌取り女に騙されるだけのことはありますぜ」

と、扱き下ろした。

そう言われると、風太郎も頷くしかない。

確かにやさしい男だが、

「人の好いのも馬鹿の内だな」

と思えてくる。

事件の流れをさらってみると――。

熊三が襲われたのは、相撲会が行われる空き地の外れで、木挽橋西詰にある居酒屋で飯を食べ、一杯引っかけての帰り道、そこを通りかかった。

夜は暗がりでだだっ広く、東の端は雑木林になっていて、余り気味の好いところではないのだが、そこを突っ切る方が、熊三が住まう長屋に近いのだ。

このところは、相撲会の話が方々で囁かれていて、

「熊さん、調子はどうでえ」

「手強いのは誰だい？」

などと、会う人ごとに声をかけられるので、さっさと酒と飯をすませ、顔がささないこの帰路を辿るのがよいのだ。

偉丈夫の熊三である。巨大な黒い影を襲ってやろうと思う者もおるまい。

それが油断であった。

突如、雑木林の茂みから浪人風が現れたと思ったら、不覚にも足を強打されていた。

そして熊三自身取り乱してしまい、浪人についてはほとんど覚えていないと言うのだ。

暗闇に頬被り、一瞬の出来事。

そもそもがおっとりとしている熊三は、そこまで気が廻らなかったようだ。

「熊さん、野郎はどんな声だった？」

喜六の問いに、

「太い声でした」

「やはり武家の物言いかい？」

「へえ、まずそんなところですが、思いの外やさしげでした」

「背の高さは？」

「さて、それほど高くはなかったかと」

「肉付きは？」

「痩せていたような気が……」

と、万事こんな調子であった。

喜六の頭の中に、辻斬りの咎人像が、これではなかなか浮かんでこない。

「あっしのことでしたら、もうお気遣いには及びませんので……」

遂にはこんな言葉が飛び出し、

「何を言っているんだよう。お前を気遣っているわけじゃあねえや。この先、同じ目に遭う奴が出ねえように、おれも春の旦那も動いているんだ」

さすがに喜六も熊三を叱りつけたものだ。

「相すみません。あっしが頼りねえばかりにご迷惑をおかけしておりやす」

熊三は、大きな体を縮めて申し訳なさそうな顔をする。

「まったく、あの男が喧嘩無双とは思えませんや」

喜六は、態度が殊勝なだけに、それ以上叱りも出来ず、風太郎にぼやくこと

しきりであるが、

「辻斬り野郎ってえのが、どうも妙だな」

と、風太郎に言われて、

「へえ、あっしもそう思います」

表情を引き締めた。

そもそも、熊三が襲われた空き地を通り抜ける者はほとんどいない。

辻斬り、強盗などという類は、一度の仕事で大金をせしめないと割りに合わない。

当然、懐具合のよさそうな者を狙うはずである。

そう考えると、裏店に近いあの空き地を通る者を、物色するとも思えない。

ましてや、熊三は一目見て金を持っていそうに映らないはずだし、大兵の男をわざわざ襲いはすまい。

と、いうことは――。

「浪人は初めから、熊三を狙っていたのかも知れねえな」

風太郎はそのように見た。

喜六は神妙に頷いた。

「それなら埒は明きますねえ」

殺すまでもなく、熊三に怪我を負わせたい何者かが浪人を雇い、強盗に見せかけて襲ったのではなかったか。

熊三に怪我を負わせたい。

そ奴は、熊三が相撲会に出るのをよしとしない者かもしれない。

時期を考えれば納得がいくし、峰打ちにしたのも頷ける。

「喜六、相撲会に名告りを上げている奴で、熊三さえいなければ、自分が一番になれると思い込んでいる奴がいねえか、そいつを調べてくんな」

「合点承知……」

喜六がすぐに当ってみると、自他共に熊三の好敵手だと認める男がいた。

町内の酒屋に出入りしている車力の権太であった。

この男もまた大力で、腕っ節が強く、

「熊三、何するものぞ」

という想いが強く、

「熊三、熊三と騒いじゃあいるが、見ていろよ。相撲会で勝ち抜くのは、熊三じゃあねえ、このおれさ」

日頃から豪語しているという。

熊三と同じような年恰好であるものの、熊三の陰に隠れてしまっていることに腹を立てているそうな。

おまけにこ奴は熊三のようなやさしい男ではない。

腕っ節の強さで人を押さえつける荒くれで、かつて熊三に負けて町を出た、仁王の剛太郎を思わせるものがある。

「なるほど、車力の権太か……」

熊三が相撲会に出られなくなれば、権太が一等になれる率は高くなる。

「喜六、権太を念入りに調べてみろ」

風太郎がさらに命じると、喜六は乾分の加助、佐吉を上手に使って、そっと権太を調べてみた。

すると権太は以前から、熊三の女房・おこいに懸想していたことが知れた。

おこいは、ふくよかで、見た目におっとりとした愛くるしい顔立ち。それは若い頃から変わっていない。

それでいて芯が強く、何ごともてきぱきとこなすほどのよさと、気の強さを持ち合わせている。

やさしくて力持ちだが、どこか抜けている熊三とは好対照であった。

しかし、この権太もまた、そういうおこいを随分前から見初めていた。

それゆえ、熊三と一緒になったと聞いた時は、口惜しさに暮らしが荒れたらしい。

熊三に勝負を挑みたかったが、その当時の熊三は誰からも一目置かれていて、

「おこいが望んだなら仕方がねえや」

と、引き下がるしかなかったのだ。

とはいえ、子を産んで尚、成熟した色香を醸すおこいを見掛けると、再び想いが募ったのであろう。

熊三と別れて暮らしていると聞きつけてからは、築地のおこいが手伝っている菓子店に足繁く通い、巨漢に似合わぬ甘い物好きを演じて、

「聡坊、見る度に立派になるねえ」

などと聡太郎に構って、おこいの気を引かんとしているのだ。

「旦那、こいつはますます権太が怪しいですぜ」

喜六は、確信を深めていった。

「うーむ……、熊三が相撲会に出て勝てば、おこいと聡太郎と縒りを戻すきっか

けになる。熊三が出られねえとなれば、手前が勝って、おこいに好いところを見せられる、か」

「へい。そもそも野郎は、日頃からろくなことをしちゃあおりやせん」

「いかがわしい浪人との付合いもあるだろうな」

風太郎も相槌（あいづち）を打った。

雑木林の茂みから出てきて、抜く手も見せず熊三を峰打ちに倒したとなれば、これは権太に出来る芸当ではない。

つまり、権太とつるんでいた武士がいるに違いない。

「まず待っていておくんなせえ。その辺りのことも、すぐに突き止めてやりますよ」

喜六は、あくまでも権太に気付かれぬよう秘密裏（り）に動いて、次なる調べに進むことにした。

そうして、すぐに権太とつるんでいる、怪しげな浪人がいることを探り出したのであった。

五

浪人は、芦辺堅太郎という、三十絡みの破落戸であった。

日頃は木挽町界隈をうろついていて、酒場に顔を出しては小遣い銭をせしめる暮らしを送っていた。

法外な銭をせがんだりはしないので、荒くれが集う居酒屋や小料理屋などは、僅かながらも銭を握らせてやる。

その代わり、何か揉めごとが起こると、収めてやるというわけだ。

剣術は田宮流を修めていて、まだ誰も刀を抜いたところを見た者はいないが、棒切れで酒に酔って暴れた者を打ち据える姿は、なかなかの遣い手で、処のやくざ者達からは恐れられている。

権太とは昵懇の間柄である。

以前、五人組の破落戸が、馴染の居酒屋で暴れた時、芦辺はこれを追い払わんとしたのであるが、さすがに五人相手となれば思うに任せない。

刀を抜いて脅せば、弾みで殺してしまうかもしれない。

そうなると、せっかく居心地がよくなってきた盛り場から出て行かねばなるまい。

戦いに窮した芦辺を、その時助けたのが権太であった。

車力だけでは稼ぎが乏しい権太は、以前から芦辺と近付きになり、小遣い稼ぎのおこぼれに与ろうと思っていた。

そのちょうど好いきっかけだと見てとり、

「旦那、助っ人しますぜ」

と、加勢したのである。

権太も腕っ節の強さを売りにしていたから、相手の五人は、芦辺と権太の勢いに押されて逃げ去った。

「お前が車力の権太か。世話になったな」

ここに腕自慢の二人は出会い、以後つるむようになったというわけだ。

今は、僅かな小遣い銭をもらいに、方々を訪ね歩く身だが、

「旦那とあっしが組めば、そのうちに大きな儲け話が転がり込んできますぜ」

という権太の言葉に乗ってつるむ内に、近頃ではなかなかの顔役になっているようだ。

喜六は、この芦辺堅太郎が、熊三を襲った辻斬り浪人に違いないと見た。

熊三の話によると、襲った浪人は中背の痩せ型で、野太い声。

体付は芦辺のそれと一致する。

「すまぬが財布を出してもらおうか」

という物言いは、なかなか洒脱さを持ち合わせている。

やさぐれ浪人ではあるが、人当りがよく、とっ付き易いのが芦辺堅太郎の身上だ。

それによって、上手く小遣い銭をせしめるのであろう。

この辺りも、熊三の証言に合致する。

「田宮流といえば、抜刀術だ。つまり芦辺は居合の遣い手というわけだな」

風太郎も、その見地から疑いを深めた。

賊は雑木林の茂みから現れて、抜く手も見せず熊三の脛に峰打ちを決めた。芦辺が権太から頼まれて、熊三が相撲会に出られぬようにと付け狙い、遂に仕留めたのではなかったか――。

「よし、喜六。二人がつるんでいるところをそっと窺って、奴らの尻尾を摑んでやろうじゃあねえか」

風太郎は喜六と諮って、権太と芦辺を引っ捕えんと、遂に動き出したのであった。


その夜。

山城河岸に、おでん屋台で一杯やっている、車力の権太と芦辺堅太郎の姿があった。

二人は屋台から少しばかり離れ、堀端の一段高くなった石垣に腰をかけ、串の入った鉢を置き、ちろりの酒を楽しんでいた。

「まあ、これで、お前の勝ちは決まったようなもんだな」

芦辺が暗がりに白い歯を光らせた。

「へい、勝負はこれからですが、お蔭さんで何とかなりそうでさあ」

権太の不敵な笑い声が、かすかに響く。

「それはそうと旦那、あの折はお見事でございました」

「まあ、おれの腕も、まだまだ使えるってことさ……」

「へい、まったくで。畏れ入りやす」

「相撲会で勝ち残れば、お前の名も上がるってもんだ」

「そうなりゃあ、あっしと旦那に逆らう奴はいなくなりますねえ」

二人が笑い合った時であった。

三間(約五・四メートル)ほど離れた堀端の松の大樹の陰から、

「おう、おもしれえ話をしているじゃあねえか。じっくりと聞かせてくれねえかい」

にゅっと黒い影が現れた。

御用聞きの喜六であった。

「こ、こいつは、笠喜の親分……」

権太は喜六を知っている。

悪の華を咲かせていても、喜六に睨まれると怖気立つ。

「あ、あっしは何もしちゃあおりませんぜ」

思わず取り繕ったが、やましいことがあるのは明らかだ。

「だからよう、権太。話を聞かせてくれと言っているんだよう」

喜六は低い声で言った。

その刹那、権太を置いて、芦辺が脱兎のごとく逃げ出した。

「だ、旦那……!」

慌てる権太の目の先に、逃げる芦辺の前に立ちはだかる同心・春野風太郎の姿があった。

着流しを尻端折（しりっぱしょ）りにして、小手（こて）、脛当（すねあて）、鉢巻、襷掛（たすきが）け。右手には長十手（ながじって）を構えた、物々しき捕物出役姿である。

粋（いき）な風情で町を行く、日頃の見廻りの様子とは打って変わって、風太郎の体を御上の威光が包んでいた。

これには田宮流の遣い手と言われる芦辺も、すっかり気圧（けお）されていた。

風太郎の後ろには、小者の竹造が控えている。

それでも、余ほどこの場を逃れたかったのか、芦辺は右手を刀の柄（つか）にやりつつ、駆け抜けんとした。

同心相手に抜刀すれば罪を重ねることになるから、牽制（けんせい）のつもりであろうが、そんなこけ威（おど）しが風太郎に通用するはずもなかった。

「待て！」

風太郎は、芦辺との間合を詰め、長十手で足を打った。

「うむ！……」

芦辺は苦悶（くもん）の表情で、その場に蹲（うずくま）り、動けなくなった。

喜六を押し倒してでも逃げてやろうかと、逡巡していた権太は、その様子を見て、

「親分、何でも話しますから、ご勘弁願います……」

大きな体を縮めてみせた。

六

春野風太郎は、権太と芦辺堅太郎を大番屋へ連行し、米搗きの熊三襲撃について、厳しく問い質した。

権太に頼まれて芦辺が熊三を物盗りに見せかけて襲い、相撲が取れぬ体にしたのではなかったか――。

そのように疑われても仕方がない理由が、余りにも揃い過ぎている。

まずは二人を問い詰めて、その様子を見れば、風太郎にはこ奴らの仕業かどうかはすぐにわかる。

しかし、ひとつひとつ疑惑を問うと、権太も芦辺も、

「と、とんでもねえことでございます」

「某は、熊三を襲ってはおりませぬ」

信じられないといった表情となり、忙しく頭を振った。

「見えすいたことを言うんじゃあねえや」

風太郎の脇に控えていた喜六は、往生際が悪いと責め立てた。

「そんなら、芦辺の旦那は、どうしてあっしの前から逃げ出したんだい」

「いや、それはだな……」

「あっしはこの耳で聞いていたんだ。〝お前の勝ちは決まったようなもんだな〟と言った後に、権太が〝お蔭さんで何とかなりそうでさあ〟と言っていたのをよう」

喜六がさらに問い質すと、

「深い理由はござんせんや。〝へい、お蔭さんで……〟なんて言葉は相の手みてえなもんで、誰でも言うじゃあ、ありませんか」

権太は、あたふたとして応えた。

「そんなら、その後話していたのは、どういうわけだ」

喜六は、二人が、

「それはそうと旦那、あの折はお見事でございました」

「まあ、おれの腕も、まだまだ使えるってことさ……」

と、言い合っていたことを、さらに問い質した。

「いやいや、それは熊三のことじゃあござんせんよ」

「いかにも、博奕打ちの捨松の話でござるよ」

二人は、しかつめらしい表情となって、思わぬ話をし始めた。

権太と芦辺がうろついている木挽町界隈で、小博奕を開帳しているやくざ者に、捨松という男がいる。

その名は喜六にも聞き覚えがあるが、捨松は小店の主をいかさま博奕に引き込み、金を絞りとるという阿漕な真似を繰り返していた。

権太はその話を小耳に挟み、借金を抱えた者達に、

「おれが踏み倒してやるから、その手間賃をちょいとばかり弾んでおくれな」

と持ちかけ、芦辺と組んで小博奕に出向き、

「手前、いかさまがおれに通ると思ってやがるのか」

逆に難癖をつけ、捨松を散々に痛めつけ、証文を奪い取った。

この時、捨松もまた腕っ節の強い乾分を二人連れていたのだが、それを芦辺が峰打ちに倒し、見事に追い払ったのだ。

「そのことを咎められると思い、某は思わず逃げたのでござるよ」

と、芦辺は風太郎に訴えた。

風太郎は、二人の話しぶりから、

「嘘をついているとは思えねえ」

そう思った。

喜六に捨松の一件を調べさせると、確かに捨松はいかさま博奕に手を染めていて、小店の主達が手痛い目に遭っていたと知れた。

そして、捨松は権太と芦辺にいかさまを責められ、喧嘩になって怪我をさせられていたことも事実であった。

しかもそれは、熊三が浪人風の男に襲われた夜のこと。

これに関わっていた者達は皆、お叱りを恐れて口を噤(つぐ)んでいたので、これまで表沙汰になっていなかったのだが、

「小博奕での揉めごとなんぞ、この度は大目に見てやるから、正直に話してみろ」

風太郎に問われると、

「畏れ入りましてございます……」

誰もがこれを認めた。

どう考えても、熊三襲撃の一件は権太と芦辺の仕業と思えただけに、

「まったく紛(まぎ)らわしい奴らですぜ」

喜六は苛々とした。

念のために、熊三に問い合わせたところ、

「芦辺というご浪人なら知っております」

とのこと。

相撲会が決まってから、何度か熊三が行きつけにしている居酒屋に権太と現れ、

「今度の相撲会は、権太がもろうたぞ」

と、酔態で挑発してきたというのだ。

「おい、そんな話は聞いていなかったぜ」

喜六は口を尖(とが)らせたが、

「相すみません。酒の上でのことでしたし、話すほどのもんじゃあねえと……」

熊三は相変わらずの人のよさを見せて、頭を下げた。

「どんな些細(ささい)なことでも、言ってくれねえと困るぜ」

「申し訳ございません……」

「で、お前を襲った浪人は、芦辺堅太郎じゃあなかったのかい？」

「ああ、そいつは違います。似ても似つかねえ男でした」

「似ても似つかねえ？　野太え声で、中背で、痩せた男だったと言っていたじゃあねえか」

「確かにそうでしたが、あのご浪人ではございません」

「おいおい、しっかりしてくれよ」

「取り乱しておりましたので、頭の中がおかしくなってしまって……」

太い首を竦める熊三を見ると、喜六は何も言えずにその場を引き揚げ、すぐに風太郎にこれを報せた。

「旦那、どうも面倒なことになってきましたぜ。まったく、熊三の奴には振り廻されますよ……」

喜六はぼやくことしきりであったが、風太郎は涼しい顔で、

「お前の働きは無駄にはならねえよ。権太も芦辺も、かけられた疑いがぴったりと合っていくから、相当焦ったに違えねえ」

「まあ、そりゃあ……。問い詰められたから、捨松のいかさま博奕の一件も、べらべらと喋りやがったわけですからねえ」

「そういうことだ」

「関わっていた奴らはどうしましょう？」

「たかが小博奕だ。屹度叱りつけておけば懲りるだろうよ。しょっ引くまでもねえや」

「承知しました。よくよく話してみりゃあ、権太も芦辺堅太郎も、堅気相手にあくどいこともできねえ、気の小さな男でしたよ」

「次に何かやらかした時は、ただじゃあすまさねえと、脅しつけておくんだな」

「へい。それにしても、熊三を襲った野郎はどこのどいつなんでしょうねえ」

「さあ、それは、放っておいても、そのうち名乗り出てくるだろうよ」

「え……？」

首を傾げる喜六に、

「まあ、おれの勘が当っていたらの話だがなあ……」

風太郎は何かに思い当ったようで、含み笑いをしながら、ゆったりと応えた。

七

「ああ、おれは取り返しのつかねえことをしてしまったよ……」

まだ腫れあがった足の怪我は癒えず、長屋の一間に籠り切り、熊三は嘆いてばかりいた。

「ああ、まったくおれは、どうしてこう馬鹿なんだろうなあ」

考えてみると、一人よがりのやさしさで、あの酌取り女とわりない仲になってしまったのが、そもそもの間違いであった。

盛り場の女とよろしくやる男なぞ、周りには数多いる。

だが、ちょっとした遊びや浮気で付合えるほど、熊三は器用でなかった。

自分自身それがわかっているはずなのに、幸薄い女に頼られると、騙されているのも知らずに親身になってしまい、女に懐の内に入られてしまった。そうなると突き放しも出来ず、気が付けば金を吸い上げられていた。

女が消えてくれて正直ほっとしたが、不器用な男ゆえ上手に言い訳も出来ず、

「別れてやることが、おこいと聡太郎の幸せだ……」

そのように思い込み、二人のためならと、頑としてその意志を曲げなかった。

あの時、もう少し長五郎に夫婦のことを預けて、素直な気持ちで許しを乞い、どこの夫婦でも起こりうる、ただの喧嘩に止めておけばよかったのだ。

男としての自信を失くしたからそれを付けてやろうと、長五郎も気を遣い、相撲会を催さんとしてくれたのである。

しかし、これがさらにいけなかった。

誰もが熊三の勝利を疑わず、町内は盛り上がりを見せているが、熊三は相撲会になど出たくはなかった。

腫れあがり、紫色に変じた足を眺めていると、夫婦別れにいたった己が不覚を改めて思い知り、彼は放心の体でいた。

喜六からは、車力の権太と、不良浪人の芦辺堅太郎をしょっ引いて取り調べていると報されたが、この二人が自分を襲わんと企んだのではないかと疑われ、大番屋へ留め置かれたのは、

「まったく気の毒なことをした」

やさしい熊三は申し訳なく思っていた。

二人は疑われるだけの素行の悪さはあるものの、そこまでの悪巧みはしない。

それは熊三が誰よりもよくわかっていた。

悶々とするうちに、〝山本屋〟から遣いが来た。

「旦那さんが、ちょいと店に顔を出してもらいたいと、申されておいでなのですがね……」

歩けなければ、大八車を出すので、そこへ乗ってくれたらよいとのことであった。

「いやいや、旦那さんのお呼びとなれば這ってでも行きますよ」

熊三は、杖を頼りに足を引きずりつつ〝山本屋〟に出向いた。

すると、店先に長五郎が待ち構えていて、

「よく来てくれたねえ」

にこやかに熊三を迎えると、

「八丁堀の、春の旦那がお見えでね。お前と話したいと仰せなんだ」

その由を告げた。

「旦那が……」

日頃から慕っている風太郎であるが、今は誰よりも会いたくなかった人であった。

それでも、そこにいて自分を待っていてくれると思うと、心強く、ほっとする。

「とにかく、訊かれたことには正直に、真心込めてお応えするのだな」

長五郎は、店の奥の一間に熊三を連れて入ると、そう言い置いて店へ戻った。

一間では、風太郎が美味そうに餡餅を食べていた。

「お呼びでございますか……」

「やはり、ここの餡餅は堪(こた)えられねえな」

風太郎は、畏まる熊三に頬笑んだ。

「権太に頼まれて、芦辺がお前を襲った……。そいつは見当違(ちげ)えだったようだな」

「へえ、その通りでございます。お手間を取らしちまって、申し訳ございません」

「申し訳ねえと思うなら、おれに、おもしれえ話をしておくれな」

「おもしれえ話……」

「まあ、楽にしてくれ」

風太郎は熊三を前に座らせた。そこには熊三の分の餡餅と茶も置かれていた。

「話が落ち着いたところで、ゆっくり餅は食うんだな。喉に詰めちゃあいけねえから<ruby>よう</ruby>」

熊三の顔に緊張が走ったが、風太郎はからからと笑い、彼の表情を幾分和(なご)ませた。

風太郎は、その間を逃さず、惚(とぼ)けた顔のままで、

「お前のその足、そんな様(ざま)にしたのは、他ならぬお前自身だな」

と、問うた。

「あ、あ……」

熊三は大いにうろたえたが、やがて風太郎の目をしっかりと見て、

「畏れ入りましてございます……」

深々と頭を下げて、這いつくばった。

「芦辺がおれに十手で足を打たれたのは、身から出た錆(さび)というものだ。取り立てて誰が酷(ひで)え目に遭ったというわけでもねえ。悪いようにはしねえから、相撲会に出たくなかった理由を聞かせてくんな」

「へい。何もかも、申し上げますでございます……」

風太郎はもう一度、熊三の一件について考えると、どうもおかしな話だと思えてならなかった。

喜六の調べによって、権太と芦辺堅太郎が怪しいと知れたので、追及してみたが、いくら悪党でも、おこいへの横恋慕と、相撲会で勝ちたいという執念から、権太が芦辺に熊三の襲撃を頼むとは思えなかった。

熊三は相撲の名手で、喧嘩無敵と言われている。

風太郎が見たところでは、芦辺の腕はそれほど大したものではない。素人相手ゆえ恐れられているが、所詮はやくざ者のこけ威しに過ぎないと思われる。

熊三を襲ったところで、いくらかになるわけでもなく、割りに合わない仕事だ。つるんでいるといっても、喜六に問い詰められると、権太を置いて逃げ出したのだ。

深い友情の絆があるわけでもない。

長五郎の話では、熊三は相撲会を催すと告げても乗り気ではなく、

「あっしも三十を過ぎました。今さら力自慢をするつもりはありませんので、どうぞ、若い衆でやっておくんなさい」

と、彼を困惑させたという。

世間の者達は、それも熊三の奥ゆかしさだと言い合っていたが、

——熊三は本気で、相撲会に出たくはないんじゃあねえか。

それゆえ、長五郎への義理に悩み、遂には自分で足を痛め、物盗りに遭ったと嘘をついてしまったのではなかったか。

風太郎の推理はそこに辿りついた。そしてそれは当っていた。

熊三は、真実を語り始めた。

「旦那……。あっしは、本当のところ、相撲も喧嘩も強くはねえんでございます……」

八

熊三がその名を一躍轟(とどろ)かせたのは、大道芸で力業(ちからわざ)を見せていた仁王の剛太郎を、相撲で負かした一件であった。

しつこく勝負をせがまれ、仕方なく相手になり、立合いの突進であっという間に伸(の)してしまったのだが、

「そいつは本当の話なんだろ？」

「へい。本当の話でございますが、あれはたまたま勝っただけのことでした」

剛太郎が恐くて、立合の一瞬目を瞑(つむ)った熊三は、姿勢を低くして思い切り前へ

出た。

すると出合い頭に、熊三の頭突きが剛太郎の顔面をたまさか捉えた。剛太郎は目が眩み、勢い余って頭の後ろを地面に打ちつけ、しばし気を失ってしまったのだ。だが、それは偶然が重なったに過ぎなかった。

「頭からぶつかったんだ。立派な立合じゃあねえか」

「そのように見えたらしいのですが、あっしはただ恐くて、がむしゃらに前へ出ただけで、何が何やらわからなかったのが正直なところでございます」

力には自信があったが、そもそも気がやさしく、争いごとを嫌う熊三が、人の顔面に頭突きを食らわせるような厳しい技が繰り出せるはずはなかったのだ。

以来、熊三に相撲を挑む者は現れなかった。

剛太郎が伸びてしまったところを見ていた者達が、

「熊三は、いざとなりゃあ鬼になる男だ」

「奴には下手にちょっかい出さねえ方が身のためだ」

「仁王が伸されたんだ。おれ達なら殺されちまうぜ」

と、吹聴したから無理もない。

剛太郎に勝ったからといって、ひとつも驕ることなく、争いごとを避け、人にやさしく接する熊三であるから、そもそも向かっていく者などいなかったのである。

「だが、それから町で、若い者同士の大喧嘩が起こった時、双方を片っ端から薙ぎ倒して仲裁をしたと聞いているが……」

風太郎はさらに問う。

「その話は、いつの間にか大きくなったんでさあ」

五人組対五人組の喧嘩が起こりそうになった時、折悪くそこへ通りかかった熊三は、兄貴格の二人が、〝野郎！〟とぶつかり合うところへ、

「おい、止めなよ！」

と、咄嗟に両手を広げて間に入った。

すると左右の手が、勢いよく前に出た二人の、それぞれの胸に当たり、勢い余った二人が胸を突かれる形で吹き飛んだ。

兄貴格二人が一気に倒され、しかもその相手が熊三であったため、他の若い衆も唖然として立ち竦んでしまった。

熊三は慌てて倒れた二人を抱き起こすと、

「まあ、とにかく止めてくれよ……」

すまなそうに言った。

「へい！　仲裁ありがとうございます！」

「熊三さんが間に入ってくださるなら、そりゃあもう……」

「この場のことはこの場限りで」

「手打ちとさせていただきやす」

という具合に収まったのである。

「あっしはほっとしてその場を後にしたのでございますが……」

話にはどんどんと尾鰭がついて、いつしか、

「そんなに喧嘩がしたけりゃあ、皆まとめておれが相手になってやるぜ」

という熊三の名台詞が生まれ、十人が薙ぎ倒されたという伝説が作られてしまったのだ。

偶然吹き飛ばされた二人はともかく、他の八人もこの話を認めたのは、熊三と一度でもやり合ったというのが、誇りに思えたからであろう。

時が経つにつれて記憶は曖昧になり、自分自身も熊三とやり合ったような気持ちになってくる。若い頃の武勇伝など、大概はそんなところではあるまいか。

「ははは、周りが勝手にお前を、軍神のように奉ってしまったんだな」

風太郎は、噂を打ち消さんとする度に、奥ゆかしさを称えられ、ますます崇められて困惑する熊三の様子を思い浮かべるとおかしくなり、大いに笑った。

「旦那、だからあっしは相撲会に出て、あっさり負けて、重荷を取り払ってやろうかとも考えたんですがね。あっしはよくても、〝山本屋〟の旦那さんをがっかりさせるのは辛えし……」

「女房、子供に恥をさらしたくはねえか」

「へい……。別れた二人に、恰好をつけても仕方がありませんがね。長五郎の旦那は、相撲会に勝って、縒りを戻させようと考えてくださっておりやす。おこいは口には出さねえものの、聡太郎はこんなあっしを未だに父親と慕い、また一緒に暮らす日がくると信じているとか……。それを知ると、いたたまれませんでねえ」

「それで一芝居打ったわけかい」

「へい……。あっしは、力はありますが、人と争ったり、ぶったりする気概がまるでねえ男でございます」

相撲会に名告りを上げている力自慢の連中は、負けても好い、熊三と相撲を取ることを身の誉だと思っているという。

「あっしに胸を借りてえという若い衆の気持ちを踏みにじるわけにはいきませんや。どうしよう、どうしようと思い悩むうちに、こんなことをしでかしちまいました」

熊三は情けない表情で腫れあがった右足を見た。

「お前のその足はどうしたんだい」

「へい。随分前に、野鍛冶(のかじ)の親方から、一本あると色々便利だぞと細身の鉄棒をもらいましてね。こいつを空き地の傍(そば)の雑木林の中で、木と木の間に両端を括りつけて、それを脛で思い切り蹴りやした」

「聞いただけでも痛えや」

「しばらくは身動き出来ませんでした」

「細い鉄棒か……。そんなことだろうと思ったぜ。刀の峰に打たれたような跡には見えなかったからな」

「旦那には、とんだお手間を取らせちまいました。どうぞお許しくださいまし……」

鉄棒はひとまず雑木林の中に埋めて、足を引きずり、何度もこけながら、やっとのことで長屋へ辿り着いたのだと熊三は打ち明けた。

「まったくお前は馬鹿な奴だ」

「穴があったら入りとうございます」

「何が馬鹿だといって、手前が本当は弱いと決めつけているところだよ」

「いや、あっしは喧嘩とか勝負ごとになると、胸がどきどきしちまって、震えがくるのでございます」

「お前だけじゃあねえよ。誰だってそうならあ」

「へい……」

「お前が仁王何やらを倒したのは、それに堪えて、目を瞑(つむ)ってでも前へ出たからだろう。喧嘩を止めた時もそうだ。お前は勇気を振り絞って割って入った。仁王も若い奴らも、ひとりでに吹き飛んだわけじゃあねえんだ。お前が倒したんだよ」

「言われてみりゃあ、そうかも知れません……」

「言われなくてもそうなんだよ！」

「へい……」

「もう勝手に思い込むのは止めろ。長五郎の話じゃあ、おこいも聡太郎も、お前と一緒に暮らしてえと願い続けているっていうじゃあねえか」

「いや、でも旦那。あっしなんかが一緒にいると、また馬鹿なことをしでかすんじゃあねえかと……」

「そん時はお前を島送りにしてやらあ！」

「へへェーッ！　いっそ、この度の不始末も厳しいご沙汰（さた）を願いますでございます……」

さすがの風太郎も、この大男を呆れて眺めていたが、風太郎の剣幕（けんまく）に驚いてやってきた長五郎を見ると、

「まったく、ここは人が好いのが揃ってやがるぜ」

大きな溜息（ためいき）をついて、

「餡餅をもうひとつもらおうか」

と、言った。

九

「本当に人騒がせな野郎ですねえ。旦那、熊三の馬鹿、このままにしておいて好いんですかねえ」

見廻りの中に、御用聞きの喜六は、春野風太郎に大いに憤りをぶつけた。

熊三の嘘に振り廻されたゆえに無理もないが、それによって車力の権太と、不良浪人の芦辺堅太郎の鼻っ柱を折ることは出来たのだから、

「お前の苦労も無駄にはならなかったから、よしとしよう」

いかさま博奕を仕掛けた捨松は、芦辺に散々な目に遭わされ、芦辺も叱りを受けて、町を出て行った。

権太は目こぼしを受けたが、すっかりと大人しくなり、相撲会に出るのも取り止めた。

小博奕に関わった小店の主達も深く反省をして、風太郎の許に菓子折を持って謝りに来た。

菓子折には些少ながら礼金が入っていて、風太郎は突き返せば店主達も思い詰めるであろうと、

「気を遣ってくれたのかい」

と受け取り、喜六にも気前よく分け与えてやったので、喜六も風太郎に宥められると、一言もなくなる。

「好いじゃあねえか。熊三が本当は弱い男で、それを苦に一芝居打ったと言って、

とどのつまりは誰も信じねえさ」

「まあ、そうなるでしょうねえ」

「死人が出たわけじゃあなし。大きな金が盗まれたわけでもねえ。まったく馬鹿な話だ。ここは町内で起きた、ちょっとした一件で収めてやれば好いさ」

「だが、旦那。賊を捕えられねえままじゃあ、こっちの恰好がつきませんや」

「だからよう、流れ者が食うに困って、物盗りに走ったが、江戸から出たところで引っ捕えられた。それをお前が見届けた……。周りの者にはそんな風に伝えておけば好いさ」

「なるほどねえ……」

喜六は、まだ得心がいかなかったが、熊三が相撲会に出て恥をかくのが嫌さに、一芝居打ったと言い立てたとて確かに誰の得にもならない。

熊三には苛々させられたが、どこか憎めない男であるから、

「旦那がそう仰るなら、今度ばかりは大目に見てやりましょう」

と、遂にはにこやかに頷いた。

「この話を知っているのは、熊三の他には、おれとお前だけだ。熊三は相撲の話が出る度に、どきどきとするだろう。そいつがあいつへの罰さ」

「へへへ、なかなか奴にとって厳しい罰ですねえ」

風太郎は、喜六を従えて、尾張町の空き地へ向かっている。

この日は、いよいよ長五郎達、町の有志が催す相撲会が行われるのだ。

熊三のためにと企んだものだが、町の若い力自慢が集う様子は活気に溢（あふ）れ、長五郎は上機嫌で、特設の土俵の周囲に置かれた長床几（ながしょうぎ）に座って、来る人来る人に声をかけていた。

素人相撲のことなので、余り華々しくも出来ず、あくまでも町内の楽しみという風情を醸（かも）している。

風太郎と喜六が傍へ行けば気を遣うだろうと、長五郎の誘いには、

「ちょいと遠くから覗かせてもらうよ」

と応えていた。

それゆえ、二人は雑木林の中から遠目に眺めることにした。

いきなり凄腕の浪人が現れて、熊三に峰打ちを食らわしたという、あの雑木林である。

よくよく見ると、林の中に二本の櫟（くぬぎ）が並び立っていて、幹の同じ高さにへこみがある。

なるほど、ここに鉄棒を結えて、思い切り脛で蹴ったのかと思うと、笑いが込みあげてきた。

自分で自分の足を破壊するとは、大した度胸ではないか。

強い意志がなければ出来るものではない。

――おかしな野郎だ。

ふと見ると、杖を片手にした大男が空き地にやって来た。

熊三である。

その姿に歓声があがった。

熊三はいかにも申し訳ないといった表情でこれに応えると、長床几の片隅に腰を下ろした。

するとその床几に、女と子供がいそいそとやって来た。

おこいと聡太郎である。

熊三は、照れ笑いを通り越して泣きそうな顔になったが、おこいは平然と熊三の隣に座り、聡太郎は熊三の膝の上に座った。

熊三は、愛息をひょいと広い肩の上に乗せた。

「何を話しているというわけでもありやせんが、ああなると、すんなり元の姿に戻りますねえ」

「ああ、それが夫婦、親子ってものなんだろうよ」

風太郎は、熊三の笑っているような、泣いているような顔を遠目に眺めながら、溜息交じりに言った。

「喜六、お前も所帯を持ってみるか？」

「旦那こそ……」

「女房がいて、子供がいて……。ちょいと楽しそうだな」

「でも、毎日楽しいわけでもねえでしょう」

「お前の言う通りだ。だが、そこから逃げているおれ達は、いつまでたっても子供のままだな」

「まだしばらく子供でいとうございますよ」

喜六は首を竦めてみせた。

「旦那、縒りが戻ってから、熊三は女房に手前の隠しごとを白状するんですかねえ」

「すぐにするさ。それでまた、夫婦の絆が深まるってわけだ」

「何だか、むかっ腹が立ちますねえ」

「ああ、まったくだ。だが、熊三はやさしい男だなあ。やさし過ぎるのが玉に瑕(きず)だが、おれは好きだなあ。ああいう奴……」

ほのぼのとした口調で風太郎が告げた時。

歓声と共に一番目の取組が始まり、威勢の好い若い衆の体と体がぶつかり合う音が、心地よく辺りに響いた。

第四章　生きる

一

「おはようお帰り……！」

おむらはその日も亭主の粂七（くめしち）を明るく仕事に送り出した。

粂七は二十八歳。おむらよりも七つ上の植木職人である。

八丁堀の与力、同心の組屋敷が得意先で、

「旦那方にかわいがってもらって、まったくありがてえや」

無口な男だが、その言葉だけは忘れず、日々周囲の者に言っている。

青山（あおやま）の梅窓院（ばいそういん）門前の仕舞屋（しもたや）に、ひっそりと暮らしていたのだが、蜆（しじみ）を売り歩いていたおむらの、よく通る元気な売り声に惹かれて、買い求めるうちに、いつしか惚れ合って夫婦となり、ここで一緒に暮らし始めた。

それから一年が経ったのだが、口数の少ない働き者の亭主に、陽気で朗らかな女房。二人の相性もよく、仲睦まじく暮らしている。

「ああ、あの人ったら、また煙草入れを忘れているわ！」

粂七の前では、ひっきりなしに喋っているおむらであるが、それでは足りないのか、独り言も多い。

「まだその辺りにいるはずよね……」

おむらは、万事そつがないのに、やたらと忘れ物をする粂七が恋しい。家を出たものの、もう一度おむらの顔が見たいがために、わざと忘れていくのではないか——。そう思うと楽しくなる。

家を出てすぐに竹藪があり、その中の小路を颯爽と行く、粂七の後ろ姿を見るのも好きであった。

どちらかというと固太りだが、背中に愁いがあり、忘れ物を手渡した後、しばし眺めているとしみじみと幸せを感じるのだ。

「間に合った……」

粂七は、おむらの目が届くところで立ち止まっていた。

声をかけて駆けつければ、煙草入れを渡せるであろう。

しかし、ほっとしたのも束の間、おむらの足が止まった。

粂七がその場に崩れ落ちたのである。

「お前さん……」

何があったのかと、我に返ったおむらは慌てて駆けた。

すると、道の向こうに走り去る、二つの人影が見えた。

一人は車力風、もう一人は三十絡みの町の男である。

粂七の手前には、捨てられた大八車と大きな菰（こも）があった。

「お前さん……！」

倒れている粂七を見て、おむらは青くなって叫んだ。

粂七の腹から、赤い血がおびただしく流れていた。

「どうしたんだい！」

おむらは気丈にも、帯に引っかけていた手拭いを粂七の腹に当てて縋（すが）り付いた
が、粂七は虫の息で、

「た……、たん……」

そこまで言って、こと切れた。

「お前さん……！」

おむらは狂ったように泣き崩れた。

新年となり、松の内も明けて、今年も夫婦仲よく暮らしていこうと、誓い合ったばかりであるというのに――。

二

報せを受けて、南町奉行所定町廻り同心・春野風太郎が、手先の御用聞き・笠喜の喜六を引き連れてやって来た。

その動きは素早く、いつもの愛敬に充ちた表情は影をひそめ、目は鋭く光り、口許も厳しく引き結ばれていた。

殺された粂七は、八丁堀の組屋敷に出入りしていたゆえ風太郎も存じ寄りで一報を聞いた時は、

「粂七が殺された……？」

大いに憤ったものだ。

「苦しいだろうが、見たことを話しておくれな」

風太郎は、おむらを労りつつ、状況を確かめた。

おむらも、風太郎が来る間に、少しは落ち着きを取り戻していた。

言葉は途切れ途切れであったが、ひとつひとつ丁寧に話した。

「粂七が倒れていたところの手前に大八車と菰が残されていた……。向こうに車力と男が走り去るのが見えた……」

粂七が荷を曳く大八車とすれ違った刹那、大八車の荷台に菰を被って潜んでいた男が降り立ち、粂七を刃物で刺した。

粂七は不意を衝かれ、為すすべもなく、凶刃に倒れた——。

風太郎は、そのように推量した。

その後、車力と男は逃げたのだが、

「それじゃあ、うちの人は、誰かに命を狙われていたのでしょうか……」

おむらは、信じられないといった表情で、風太郎を拝むように見た。

風太郎の言う通りであったとしたら、かなり手が込んでいて、何が何でも粂七を殺してやるという、咎人の気迫が窺われる。

　人に恨まれるような男ではなかった。それどころか誰からも好かれていたあの粂七が、そんな風に殺されるとは、

「わたしには、さっぱりと思い当る節がございません……」

おむらは、誰かと間違われて殺されたのではないかと、嘆き悲しんだ。

それでも、こと切れる寸前に、粂七は、

「た……、たん……」

と意味ありげな言葉を遺した。

おむらは色々考えてみたが、思いつく事柄はなかった。

何かを告げんとした時の良人の表情には、

――いつかこんな日がくるかもしれない。

と、予々覚悟をしていたような落ち着きがあったようにも見えた。

「たん……か。そいつが何を指すのか、きっと突き止めてやるが、粂七が殺された理由は、見当がつく……」

風太郎はそのようにおむらに伝えた。

「旦那……。それはいったい……」

「実はな、粂七は、女房のお前にも言えねえ、裏の顔を持っていたのさ」

「あの人が……」

「奴は、表向きは八丁堀出入りの植木職人だが、その実、おれ達の手先を務めていた」

「え……？」

「元を質せば、盗人の闇路一家の身内で、その時の名は円三」

「盗人の乾分で、円三……？　そんな……、何かの間違いでございましょう」

おむらは茫然自失となった。

「確かな話だ。まず聞くがよい」

風太郎は、おむらに淡々と粂七の秘事を語り聞かせた。

盗賊・闇路一家は、闇路の捻五郎という大盗人が率いる一党であった。

盗みに入る時は、一滴の血も流さず、大店ばかりを狙うので、町の者達は〝義賊〟と囃し立てた。

円三は、そんな盗賊の身内であることに誇りを覚えていた。

生まれた時には二親に逸れ、よんどころなく盗賊一味に拾われ育った円三は、気が付けば盗人になっていたが、人としての尊厳だけは持ち続けていたのである。

ところが、一家の頭目が病死して、跡を継いだ二代目の捻五郎は、盗人の心得を忘れ、手っ取り早く仕事を済ませんとして押し込み先での殺傷を厭わなくなった。

円三は、

「先代の教えをないがしろにしちゃあなりませんぜ」

と、頭(かしら)を諫(いさ)めたが、

「盗人が恰好つけてどうする。どうせ捕えられりゃあ、この首は胴についちゃあいねえんだ。手っ取り早く、お宝をいただくまでよ。ぐだぐだ言っているんじゃあねえや」

と、ろくに話も聞かず、相変わらず荒っぽい手口で押し込みを続けた。

円三はそれが堪(た)えられなくなった。

ある時、店の小僧を斬ったのを見た時、

「この外道(げどう)めらが……」

円三は怒りを募らせ、町で評判の定町廻り同心に訴人した。

それが春野風太郎であった。

風太郎は以前とは打って変わって、闇路一家が凶行に走るようになったことに腹立たしさを覚えていた。

裏切りの汚名を被ろうとも、訴人して、

「旦那、あっしを存分に裁いてやっておくんなさい」

と言う円三に風太郎は心を動かされた。

「よし、お前の想いは疎かにはしねえよ」

風太郎は、円三にそのまま何ごともなかったように盗めを続けるよう言いつけた。


その上で、手の者に円三を見張らせ、古参与力の指示を仰ぎ、闇路一家の次の押し込み先を密かに包囲して、一気に召し捕ったのである。

この時、捕物出役姿も勇ましい風太郎は、円三を捕縛したが、その後に上からの許しを得て、

「これから先は、人様の役に立つような暮らしをするんだな」

と告げた。

そうして円三は植木職人の粂七となって、世を忍び密偵を務めたのだ。

元より身軽で、手先も器用な粂七は、植木職人といってもおかしくない技量をすぐに身に付けた。

梅窓院門前の青山久保町に、人目に付かぬように暮らすにはちょうどよい仕舞屋が見つかり、粂七はそこで第二の人生を始めた。

八丁堀の組屋敷出入りとなれば、探索の報告や、新たな指令を受けるのに好都

合である。

身の安全も確保出来るし、怪しまれることもない。

朝になると出仕して、昔得た盗賊の知識をもって、密偵の務めに精を出すと、これがなかなかにやり甲斐を覚えられた。

御上の狗になって、一家を裏切った後ろめたさはあったが、自分の務めによって、凶悪な盗賊が滅ぶなら、生かされた命をそれに注いでみようと、日々決心を固めていったのである。

粂七の働きぶりは申し分なく、風太郎は、

「お前のお蔭で大手柄だ。お前の面倒は死ぬまで見るから、何でも言ってくれ」

日頃から粂七に声をかけてやった。

すると、ある日相談を受けたのが、

「旦那、女に惚れちめえやした。いってえどうすればいいのか……」

おむらのことであった。

「あっしのような者が、女に惚れちゃあならねえのはわかっておりやす。だが、どうにも辛えんでございます」

苦しい胸の内を打ち明ける粂七を見ていると、風太郎は不憫に思った。

肉親の情は知らず、物心がついた時には盗人の使い走りをして生きてきた男が、女に惚れたと悩んでいる。

今は盗人ではない。表向きは植木職人なのだ。好い歳をした植木職人に女房がいたっておかしくはないだろう。

「惚れた女がいるなら、夫婦になりゃあ好いじゃあねえか。まあ、相手がその気ならの話だがな」

自分がかけ合ってやると、風太郎は胸を叩いた。

「旦那……、ありがとうございます……！　ご恩は一生忘れません！」

粂七は、何度も何度も頭を下げて、大喜びしたものだ。

「辛えだろうが、その時がくるまでは、女房に裏の顔は見せるんじゃあねえぞ」

「へい。承知いたしておりやす」

「女房を危ねえ目に巻き込んでしまうかも知れねえからな」

こうして、粂七はおむらと所帯を持ったのである。

「そうだったのですか……」

話を聞いて、おむらはうなだれた。

「おれも一緒になってお前を欺（あざむ）いていたが、そいつは許しておくれ」

「とんでもないことでございます。あの人は昔を語りたがらなかった……。でも、わたしはあの人が何者であっても、喜んで傍についていとうございました。あの人が盗人であったのは、あの人のせいじゃあありません。生きるための方便です。心を入れ替えて、人様のために務めていたとは、女房として誇らしゅうございます」

きっぱりと言って涙ぐむおむらは、一緒になったことに何の悔いもないし、良人には一片の恨みもないと前を向いた。

「粂七の仇は、きっとおれが討ってやる。そん時は粂七の墓に、一緒に参ってやろうじゃあねえか」

風太郎は、おむらと話すうちに感情が昂ぶったが、

——怒りは心を迷わせる。落ち着け。落ち着いて下手人を見つけ出すのだ。

ひたすら怒りを抑えながら、取り調べに臨んだのである。

三

捨てられた大八車と菰からは、手がかりが摑めなかった。

何れもどこからか盗んできた物であろうが、出処まではわからない。

「粂七が刺されたところに、何か落ちちゃあいねえか。よおく調べてみろ」

風太郎の号令で、喜六が下っ引きの加助、佐吉と共に当ったところ、粂七を刺した男が残した物はこれといって見つからなかった。

しかし、よくよく見ると煙草の葉が、ところどころに落ちているのがわかった。

粂七も、いくら不意を衝かれたとはいえ、されるがままではなかったはずだ。刺された時に男と揉み合い、相手が持っていた刻み煙草がこぼれ落ちたのではなかったか。

ことに及ぶ前、煙草入れがぶらつくのが嫌で、一旦懐に入れたのかもしれない。又は、たまさか通りかかった煙草屋で、珍しい刻みを見つけ、買い求めていたとも考えられる。

刻み煙草を拾い集めると、包み紙の切れ端らしき物が落ちていた。

紙の湿り具合から考えると、まだ落ちたばかりの物だと見当が付いた。

風太郎は、集めた刻み煙草を、自分の煙管で吸ってみた。

「こいつは美味えや」

少しばかりしけっていても、思わず声が漏れる香りのよさであった。

とはいえ、風太郎はそれなりに煙草好きではあるが、これが何という煙草か、言い当てられるほどのものではない。

「こういう時は、あの野郎ですかねえ」

喜六は、忌々しそうな顔で、酒、食い物に煙草など、流行ものに詳しい男の名を口にした。

小間物屋の礼次である。

上方下りのやさ男であるが、なかなか洞察に勝れ、手札は与えぬものの、風太郎は何か起こると礼次の智恵を借りることが多い。

喜六はそれがおもしろくないのだが、一方では礼次の力を認めてもいる。

すぐに礼次の名が口から出るのは、喜六も仲間として認めるようになったからだと風太郎もニヤリと笑い、

「そうだな、ちょいと癪だが、すぐにあの野郎を呼び出してくんな」

と、喜六に命じた。

報せを受けた礼次は、待っていましたとばかりに駆け付けた。

風太郎の様子を見ると、殺された粂七に随分と思い入れがあるのが窺われる。

組屋敷出入りの植木職人であったゆえ、格別なのかも知れないが、それだけで

はないような気がする。

とはいえ、自分はただの小間物屋であるから、深くは問えない。

礼次としては、そこが少しばかり癪であるが、今は己が力を見せつけてやらんと、件の刻みを一服してみた。

「ああ、これは甲州の竜王で作られている、〝本土〟でおますな」

すぐにわかった。

甲斐竜王は煙草の名産地で、赤坂の台地で採れる物が〝本土〟と呼ばれていた。しかも、この刻みは実に細かく、どこにでも置いている代物ではない。

「賊は煙草好きでおますのやろなあ。通りすがりに煙草屋で見つけて、買わずにはいられへんかったに違いおまへん」

呼ばれたものの、答えられなかったらどうしようと、内心は冷や冷やものであった礼次は、ここぞと己が推測を語り、〝調子に乗るな〟と喜六に睨まれて、

「何かあったら、またいつでも呼んでおくなはれ。ほな、春の旦さん、さいなら、ごめんやす」

心を残しつつ、そそくさと立ち去った。

「礼次！　助かったぜ。この礼はまたたな」

風太郎は、やはり役に立つ奴だと感心しながら、後ろ姿に声をかけて見送ったものだ。

そして喜六が動いた。

青山界隈で、気の利いた煙草屋というと、何軒もなかった。

久保町の西、山尻町(やまじりちょう)に煙草好きの間では名高い〝だるま〟という店があるのがわかった。

ここは珍しい煙草も置いていて、店の包み紙も誂(あつら)えている。

すぐに聞き込みをすると、拾い集めた煙草は、正しく〝本土〟で、紙の切れ端は、〝だるま〟の包み紙であった。そして粂七が殺された日の朝に、数人の客が煙草を買いに来ていたという。

その数人の客の中で、

「怪しい奴はいなかったかい？」

喜六がさらに問うと、

「怪しい、と申しますと、お客様に申し訳のうございますが、少しばかりおっかないお客がお見えになりましてね……」

その客は先を急いでいるようで、

「〝本土〟を包んでくんな」

慌ただしく買うと立ち去った。

店の表にはもう一人、人足風の男がいて、

「煙草なんて、後でいくらでも買えばいいじゃあねえか」

と、しかめっ面で話していた。

「その男は、客を何と呼んでいた？」

「たんぞうと申していました」

「確かかい？」

「はい。少し前にまとまった数の煙草をお求めになりましてね。届けてくれと言われたことがあったので、そういえば丹蔵さんであったと……」

「そうかい。そいつは、余ほどの煙草好きだなあ」

「手前共にも、〝本土〟はそんなに入ってこないので、お断りしようと思ったのですが、強く申されますので、断り切れずに……」

「迷惑な奴だ」

相槌を打ちつつ、喜六は小躍りした。

届けたのなら、〝たんぞう〟の居処もわかるではないか。

なまじっか、煙草に凝ったりするからぼろを出してしまうのだ。

〝だるま〟を出て、まず闇路一家に〝たんぞう〟なる男がいなかったか調べてみると、〝匕首の丹蔵〟という男がいたと知れた。

丹蔵は、粂七が訴人して、一味の者達が盗みの場を押さえられ、悉く捕縛された夜、次の盗みの仕度で一人旅に出ていたようだ。

それで捕えられずにすんだのだが、江戸に戻ってみれば一家は壊滅していた。様子を見んとして潜伏していると、仲間であった円三が、粂七という名で植木職人になっているとのこと。それゆえ、裏切り者と見て殺した。

粂七は今わの際に、

「た……、たん……」

つまり丹蔵と言おうとしてこと切れたのに違いない。

これで、粂七殺しの一件は一気に動いた。

〝だるま〟で聞いた丹蔵の居処は、千駄ヶ谷の瑞圓寺門前の借家であった。

「よし、丹蔵を引っ捕えてやろう」

引っ捕えて詮議すれば、車力の姿となって殺しを手伝った男の行方も、いずれわかるであろう。

まずは細かく丹蔵の動きを調べ、借家にいるのを確かめた後、未明に急襲する
――。

手甲（てっこう）、脚絆（きゃはん）、小手脛当（すねあて）、鎖帷子（くさりかたびら）に長十手。出役（でやく）姿も勇ましく、風太郎は捕手を率いて、丹蔵がいるのを確かめると、

「丹蔵！　神妙にいたせ！」

表の戸を蹴破って踏み入った。

丹蔵は寝ていたが、逃亡の日々を送ったこともあった盗人である。表に殺気を覚え、飛び起きると、匕首を振りかざし、血路を開き逃げんとした。

その動きは、なかなか鋭いものであった。

しかし、この日の風太郎に抜かりも隙もない。

「おのれ！」

と、長十手で丹蔵の小手を打ち、匕首を叩き落すや、面を打ち据えた。

頭を割られ、血が滴り落ち、戦意も失った丹蔵は頭を抱えて蹲（うずくま）った。それをさらに蹴り飛ばすと、

「縄を打て！」

風太郎は小者の竹造に命じ、大きく息を吐いた。

捕物はあっという間に終った。

四

丹蔵はすぐに本材木町（ほんざいもくちょう）の大番屋へ送られた。

詮議したところ、観念した丹蔵は、あっさりと粂七殺しを白状した。

「そりゃあ確かに代が替わって、盗（つと）めの手口が荒っぽくなりやした。だが、いくらお頭が非道を働いたからといって、仲間を売るのは許せませんぜ」

丹蔵は、粂七を掟（おきて）に従って殺しただけだと嘯（うそぶ）いた。

大八車を曳いていたのは闇路一家の残党ではなく、博奕仲間を金で釣って手伝わせただけであったという。

「野郎、あっしが円三を殺したのを見て、慌てて逃げやがった……」

大八車に菰を被った状態で乗せて曳いてくれとは言ったが、それが殺しの手伝いとまでは聞いておらず、驚いて逃げたそうな。

「そうかい。今日、明日にも車力は引っ捕えられるだろうが、お前も迷惑なことをしてやったもんだな」

風太郎は、静かに言った。粂七を殺した憎い奴ではあるが、悪党であっても頭への義理立てで仇を討った丹蔵にも彼なりの理屈がある。

ここに至っては覚悟を決めている丹蔵に、不思議と怒りが湧かなかった。

こ奴より責められないといけないのは、円三が粂七となって青山に住んでいると、丹蔵に知られてしまったことであった。

「丹蔵、お前の往生際のよさは大したもんだ。ひとつ教えてくんな。粂七が円三だと、どうして知った？」

丹蔵はその問いに、しばし沈黙したが、

「言いたくねえ気持ちはわかるが、これだけは、どんな手を使ってでも白状してもらうぜ」

風太郎は、拷問（ごうもん）も辞さぬと言外に秘め、強く迫った。

「ふッ、あんな女に義理立てすることもねえか……」

やがて丹蔵は皮肉な〝笑み〟を浮かべた。

「話の出処（でどころ）は女なのかい？」

「へい。左様で……」

「一服つけてから、じっくり聞かせてくれ」

風太郎は、丹蔵の住まいから持ち出した彼の煙草入れを見せると、縛(いまし)めを解いてやり、煙草盆と共に勧めてやった。

「こいつはありがてえ……」

丹蔵の顔に朱がさした。

彼もまた話すうちに、風太郎に心惹かれ始めていて、

――この旦那になら。

という気持ちになっていた。

そこへ好物の煙草を許されて、さらに気持ちがよくなった。

「ああ、うめえや……」

丹蔵が吐く白い煙が、ぽっかりと大きな輪を描いた。

「おれを煙(けむ)に巻くんじゃあねえぞ」

「ははは、旦那には敵わねえ。へい、その女ってえのは、お直(なお)と申しましてね。赤坂新町(しんまち)でちっぽけなおでん屋をやっているんでさあ……」

旅から江戸に戻った丹蔵は、闇路一家が召し取られたと聞き、潜伏していた。

情報を探っていたのだが、

「一家の円三は、他の皆と捕えられたはずなのに、名を変えてのうのうと暮らし

ている」

そんな噂を耳にした。

いずれも脛に傷を持つ、その筋の者達が囁き合っているのだが、闇路一家の残党の耳に届くのは、当然の成り行きであった。

噂の出処はお直で、円三の居処を知りたければ、売ってやってもよいという。

お直は歳はまだ二十五だが、盛り場で人の噂を嗅ぎ廻り、弱みを衝いては金にする、そんな悪婆で通っている。

それでも年増女の色香に溢れ、性悪女と知りつつ、男はつい深入りしてしまい、余計な話をしてしまう。

その秘事を巧みに金に替えるのが、お直の抜け目のなさであるが、その筋の者達も、お直から情報を仕入れて、己が悪事に繋げている。

持ち持たれつの間とも言えるのだ。

お直が女将を務める小体なおでん屋は、そういう情報収集の場であり、時には処の御用聞きさえも出入りしているらしい。

ともあれ、丹蔵はお直から、かつての盗人仲間であった円三の情報を仕入れた。

半金で二十両。それが確かであれば、さらに二十両。

丹蔵は、情報の真偽に疑いを抱いたが、彼にとっては、この情報には大きな値打ちがあった。

互いに騙されたとて、御上に訴え出られる立場ではない。

金だけが信用を繋ぐ手段ゆえに是非もなかった。おでん屋を訪ね、そっと問うと、

「お前さん、闇路一家に縁のあるお人だね。それなら耳寄りな話だ。円三というお仲間は、一緒に捕えられたと思ったら、今は粂七という植木職人になって、女房と二人でよろしくやっているそうだよ」

と、告げた。

「それで、そこから先を聞きたかったら二十両だってえんで、払ってやったら、奴の住処を教えてくれたってわけでございますよ」

それからそっと調べてみると、お直が言った通り、梅窓院門前の仕舞屋に、植木職人となって女房と暮らしている円三の姿を認めたのであった。

今は粂七として、八丁堀の組屋敷に出入りしているようだ。

与力、同心に日頃から近付くよい口実であるが、丹蔵にしてみれば、

「円三の奴、御上の狗になって、お頭を売りやがった」

すぐに事情が呑み込める。

こうして丹蔵は、律儀に後金二十両をお直に払い、粂七こと円三を殺害に及んだのである。

「赤坂新町のおでん屋の女将で、お直だな」

風太郎は神妙な表情で頷いた。

「お直がどこからそのことを仕入れたかはわかりやせんが、旦那方も油断でございましたねえ」

丹蔵は悪びれた様子もなく、煙管の雁首を煙草盆の吐月峰に叩きつけた。

「まあ、油断といえば、あっしも手前の名が御上に知られているとも思わずに、煙草を届けさせたりしたのは、とんだしくじりでございましたがねえ」

「お前のしくじりは、闇路の二代目みてえな極悪人に義理立てして、円三……、いや、粂七を殺したことだよう」

「へへへ、仰る通りで……。だが、罪もねえ者を殺して金を奪うお頭に愛想尽かした生き方も間違っちゃあいねえが、仲間を売った男を許さねえあっしの生き方も、間違っちゃあおりやせんや」

「ははは、ぬけぬけとぬかしやがる。円三を粂七として生かしたのがいけなかったのかもしれねえな」

「いや、粂七の正体をお直に教えた野郎が、誰よりもいけねえ。知らなきゃああつしも、お縄になることはなかったんだ」

「そうだな。そいつが一番の罪作りだ」

「旦那は好い人ですねえ……」

「盗人に誉められたって何も嬉しかねえや」

「畏れ入りやす……」

丹蔵は恭しく頭を下げた。

——こ奴も盗人にならなきゃあ、好い男だったんだろうな。

風太郎は、ままならぬ世を恨みつつ、娑婆の名残にと丹蔵にもう一服勧めてやった。

五

春野風太郎は、御用聞きの喜六に、おでん屋の女将・お直を連れてくるよう指図した。

喜六は、笠屋を閉めて佐吉と加助を伴い、赤坂新町へ急行した。

まだ日は高いが、丹蔵の話では気儘に店は開けていて、時として朝からでも客を入れているらしい。

近所でまず聞き取りをすると、小体な店は居付で、入れ込みの向こうに板場、その奥に小部屋があり、お直はそこで寝起きしているらしい。

そこに男を連れ込んで、耳よりな情報を訊き出すこともあるのだろう。

物々しくして逃げられてもいけないので、佐吉と加助を遠見がきくところに配し、喜六は客を装い、おでん屋を訪ねた。

生憎、店は閉まっていた。

腰高障子の向こうはひっそりとしていて、人がいる様子がしなかった。出かけているのであろうか。

「ごめんよ……。女将はいるかい」

喜六は戸を開けて、中へ入ってみた。

細い土間の通路を隔てて、左右に小上がりの席があるだけの店先であるが、板場にさしかかったところで、

「こいつはいけねえ……」

喜六は異変を覚え、懐に呑んだ丸形十手をしっかりと握った。

血の臭いがしたのだ。

「誰かいるのかい！」

喜六は注意深く辺りを見廻しながら、板場を抜けて、その奥の一間を覗いてみると、血まみれの女が倒れていた——。

お直は刺殺されていた。抵抗したのか、右手には銀の簪（かんざし）が握られていた。

粂七の秘事を暴き、その情報をお直にもたらしたのは何者なのか。お直の死で、それは闇に葬られてしまった。

「先手を打ちやがったか」

風太郎は報せを受けて歯噛みした。

お直に情報を売らせ、粂七が殺されたと知って、すぐに口を封じたに違いないが、

「女を使い捨てにしやがるとは、許せねえ奴だ」

そ奴のせいで既に二人が命を落した。

円三が粂七となって生きていると知ったからこそ、匕首の丹蔵も人殺しの罪で

捕えられた。

まだ粂七と夫婦になったばかりのおむらは、後家となって悲しみを引きずって生きていかねばならない。

憎んでも憎み切れぬ奴ではないか。

「こうなったら、お直の身の回りにうろついていた奴らを調べあげて、手がかりを摑むまでだな」

風太郎は自ら聞き込みに乗り出したところ、お直の許へ若い男が、頻繁に訪れていたと知れた。

麻布谷町の古着屋の店番をしている、柳吉という二十歳過ぎの若い衆だという。

この古着屋も、開いていたり閉まっていたりで、それだけ柳吉が方々に出かけていることになる。何やら怪しげである。

細面で涼し気な様子だが、物腰や時折見せる鋭い目付きが、

「まったく堅気とは思えない……」

そんな評判が立っている。

じっくりと調べてみればよいのだが、立て続けに人が殺害されているだけに、

「まず柳吉の身柄を押さえてしまおう」

風太郎は噂を聞くと、その足で件の古着屋へ向かった。

古着屋は開いていた。

店先にはそれ者風の女がいて、親しげに店の若い男と話していた。

その若い男が柳吉なのであろうか。

色白で目鼻立ちは整っている。少しばかり表情に翳り(かげ)が見え隠れするところが、玄人(くろうと)の女好みなのかもしれない。

しかし、見たところでは、粂七の秘事を探ってお直に告げ、売らせた上で殺害して口を封じたほどの大悪人にも見えなかった。

女は、自分に似合いの着物を男に訊ねながら、仲を深めようとしているようだが、

「姉さんなら、何だって似合いますよ」

男の応えは、どこか素っ気(そっけ)ない。

そこがまた女心をくすぐるのか、

「ちょいと柳さん、つれないじゃあないか……」

女が鼻にかかった声で怒ってみせる。

やはりこの若い衆が柳吉らしい。

「柳吉ってえのはお前かい？」

風太郎が声をかけた。

女は、風太郎の男振りに一瞬ぽかんとした顔を見せたが、八丁堀の旦那の登場には気が引けたか、

「そんならまた来るよ……」

と言い置いて、色気たっぷりに風太郎を見て頭を下げると、すぐに店を出た。

「へい。柳吉でございます」

柳吉は町方同心のおとないに、緊張の面持ちとなった。

「何か、あっしに御用でございますか」

畏まる姿は、それでもなかなか堂々としている。

「お前、今日は朝から一日、ここで店番をしていたのかい」

「へい、左様でございますが、どうかいたしましたか」

「お前、赤坂新町のおでん屋の女将を知っているなあ」

「おでん屋の女将……。へい、存じております」

柳吉は素直に認めた。

「お直……、でございますね」

「ああ、そのお直が殺されているのが見つかった」

「殺されていた……」

柳吉の顔がたちまち強張った。

いきなり棒で頭を殴られたかのような衝撃を受けた様子である。

どうやら、今初めて知ったらしい。

まず柳吉が殺したのではないと思われた。

「そうでしたか……」

柳吉は嘆息した。

「お前は、お直と随分親しかったそうじゃあねえか」

「へい。そりゃあ、まあ……」

「性悪女に見込まれちまったか」

「そんなんじゃあ、ありません」

「いってえ、どんな仲だったんだ」

「そいつは……」

言い淀む柳吉であったが、そこへ羽織を肩にすべらせた町の男がやってきて、風太郎の傍へ寄ると、羽織を脱いで畏まった。

「旦那、こいつのことは、どうぞご勘弁を願います」

男は歳の頃三十五、六。眉はきりりとして、渋みのある顔付きは引き締まっている。

「おお、こいつは麻布の……」

風太郎の背後で、喜六の声がした。

「おや、鉄砲洲の親分も一緒でしたかい」

どうやら男は御用聞きらしい。

よく見ると、風太郎にも顔に覚えがあった。

「そういやあ、一、二度見かけたぜ。確か……、野川さんの……」

「へい、御用を聞いておりやす蓑次郎でございます」

野川というのは、風太郎が日頃から慕っている、南町の臨時廻り同心・野川兵衛で、蓑次郎は野川から手札を与えられていた。

喜六は、麻布界隈に睨みを利かす蓑次郎とは、時折情報のやり取りがあり、顔見知りであった。

「そういやあ、古着屋をしていると聞いたが、ここがそうなのかい？」

「まあ、そういうことさ」

蓑次郎は頭を掻いた。

古着屋は狭く、古着が並んでいるところで寝起きするのも気が引けると、蓑次郎はこの裏手の長屋に住まいを持っている。

かつては彼の女房が長屋からここに通い、古着を商っていたのだが、三年前に死別して、以来店番に柳吉を置いているのだと、蓑次郎は風太郎と喜六に告げた。

「そうだったのかい。てえことは、柳吉はお前の下で……」

「へい。まだまだ役に立ちませんが、使いっ走りなどさせております」

喜六は合点がいった表情で、

「なるほど、それで店を開けたり閉めたりしているってわけかい。うちの笠屋と同じだねえ」

と、にこやかに頷いてみせた。

「お直という、おでん屋の女将が殺されたのは知っているな」

風太郎が訊ねた。

「最前、耳にいたしました。それで、柳吉がお直の店によく出入りしていたとお聞きになって、こちらへ……」

蓑次郎は、店先で小さくなっている柳吉を見ながら言った。

「ああ、お前の乾分（こぶん）とは知らずにな。柳吉をお直の許へ聞き込みに行かせていたのかい」

「いえ、いつか何かをしでかす女だと思っておりやしたが、そんなことはさせておりやせん」

「そんなら、勘弁してやってくれとは、どういうことだ？」

「お直は、その……柳吉の……腹違いの姉でございました」

「異母姉（あね）……？」

「左様でございます。狭苦しいところでございますが、まず奥の部屋で、お話しさせてくださいまし」

蓑次郎は、もう一度畏まると、柳吉を目で促し店へと入った。

六

柳吉の父親は、麻布市兵衛町（いちべえちよう）で人に知られた暴れ者であった。

棒手振（ぼてふり）をしてみたり、日雇いの人足をしてみたり、職を転々としつつ、博奕場に出入りして、処のやくざ者も手に余るほどの腕力で、悪事に手を染めていた。

柳吉はやくざな父のために苦労させられたが、十歳の時に、その父親は喧嘩の傷が祟って命を落とした。

それからは、母親が女手ひとつで育ててくれ、十三歳になると、父親と同じように棒手振をしたが、親に似ず働き者で母親を助けた。

母親は息子の働きぶりを見てほっとしたのか、柳吉が十五の折、風邪をひいて床にふすと、二日後に亡くなった。

これからは一人で商いに励み、やがて女房をもらって、まっとうに生きていこうと思った柳吉であったが、

「あっしが十八になった時に、姉がいることがわかったのでございます」

それがお直であった。

やくざな父親が、生前町の矢場女に産ませた娘で、お直は苦労をしながら生きてきた。

だが、柳吉と違って、性悪な女であった実母の血と、荒くれの父親の血を受け継いだ異母姉は、爛れた暮らしを送りながら大人になった。

そして、自分には弟がいることを知った。

近くにいながらわからずにいたのが、お直には癪に障った。

捜し当てて、姉弟の対面を果たすと、柳吉も異母姉の苦労がわかるゆえ、

「何か困ったことがあったら言っておくれよ」

などとやさしい言葉をかけたものだ。

すると、それからお直は何かというと柳吉を呼び出し、己が悪事の手伝いをさせた。

柳吉はこれを拒んだが、

「お前は、これをあるお人に手渡してくれるだけで好いんだよ」

などと拝み倒し、盗品の運び屋をさせたり、秘事を握った相手の男を強請る時、用心棒代わりに連れて行ったりしたのだ。

柳吉はその都度、

「こんなことは止めてくれ。おでん屋をしっかりと続けていけば、食うにも困らねえはずだよ」

と、意見をしたが、

「商売を確かなものにするには、それなりにお金がかかるのさ。柳吉、お願いだよ。お前しか頼みになる者はいないんだよ」

などと泣きつかれると、心やさしい柳吉は嫌といえなかった。

それに、お直は手伝ってやると、棒手振の三日分くらいの稼ぎを駄賃にくれた。

若い柳吉にはそれがありがたく、次第に当り前のようになっていった。

そのうちに、お直に腹を立てた男が襲いかかるところに居合せた柳吉は、この奴を見事に返り討ちにした。

子供の頃は、女房子供を顧みない父親のせいで貧困にあえぎ、周りで何か物がなくなると自分のせいにされる。

父親が死んでからは、

「お前の親父には酷え目に遭わされたぜ」

と、理不尽に絡まれる。

その都度、柳吉は逃げずに戦ってきた。弱みを見せると、相手はますますつけあがるからだ。

いつしか父親譲りの腕っ節のよさが身に付いていたのである。

そうなると、お直は尚も柳吉を傍に置きたがり、柳吉を〝兄ィ〟と慕い寄ってくる若い衆も出てくる。

これではいけないと思いながらも、柳吉はお直に引きずられ、やくざな暮らしを送るようになっていった。

しかし、女のお直は手加減されても、弟の柳吉は遠慮なく痛めつけることが出来ると、狙ってくる連中もある。

ある時、あわや袋叩きにされるところを、麻布の蓑次郎に助けられ、意見をされて彼の乾分となり、古着屋の店番を任されるようになったのだ。

ほとぼりが冷めるまではひっそりと暮らし、

「お直とは、もう縁を切るんだな」

と、蓑次郎は間に入ってくれた。

御用聞きの蓑次郎に、

「柳吉はおれが預かるぜ。文句はねえな」

と凄まれると、お直も黙って従うしかなかったのだ。

「それでも、血の繋がった姉でございます。まっとうに暮らしてもらいてえと思いまして、時折は様子を見に訪ねていたのでございます」

柳吉は訥々と、お直との事情を語ったが、

「身から出た錆とはいえ、殺されちまうとは……。思えば不憫な女でございます」

悪い女でも、ただ一人の肉親であり、自分を弟だと引き廻し、時には頼ってくれたというのに、哀れでならないと、言葉を詰まらせた。

「よくわかった。こんなことなら蓑次郎、まずお前に問い合わせるべきだったな。だが、こっちもいろいろと頭にくることがあって、ちょいと調べを急いだんだ」

風太郎はそう告げると、柳吉を古着屋に残して、蓑次郎を伴って外へ出た。

密偵の粂七殺害の一件と、お直との繋がりについて、蓑次郎にだけは話しておこうと思ったのだ。

蓑次郎は、老練の臨時廻り同心・野川兵衛の手先であり、機密事項である粂七の以前の顔を知っている。

「何ですって……。お直が匕首の丹蔵に、粂七の身上を金で売った……」

近くの稲荷社で耳打ちすると、蓑次郎はしばし絶句して、

「そりゃあ確かに、裏切った野郎がどこでどうしているかなど、丹蔵にとっちゃあ、幾ら払ってでも知りてえことでしょうよ。お直の奴、とんでもねえところに目を付けやがったもんですねえ」

神妙な面持ちとなった。

「闇路一家の円三が、粂七となって手先として務めている……。そいつを知って

いるのは、おれ達を含めて少しの者だけだったはずだが、どこから漏れちまったんだろうなあ」

「粂七の昔を知る者がどこかで見かけて、探りを入れたのかもしれませんぜ」

「そうかもしれねえ。だとしたら、こっちの見込みが甘かったということだな」

「旦那方のせいじゃあありませんや。粂七も、今の暮らしが楽しくて、気が抜けていたんじゃあねえですかねえ」

「幸せは、人を腑抜けにしてしまう、か」

喜六が傍らから、

「やっぱり、女房なんてもらっちゃあいけねえんですかねえ」

溜息交じりに言った。

「あっしも女房が生きていて、子供でもできていりゃあ、気が緩んでいたかもしれませんや。そうして、あっしを恨んでいる誰かに、殺されていたかもしれやせん」

「とにかく、この一件は謎が多いや。まず、お直を殺した者を捕まえねえとな。蓑次郎、野川さんにも助けてもらうように頼むつもりだから、よろしく頼んだぜ」

「へい、お任せくださいまし」

蓑次郎は胸を叩いたが、先ほどからどうも足許がふらついている。

「と申しましても、先だって見廻りの中に足を挫いちめえやしてまともに歩けやせん。情けねえ限りでございます」

と、痛めた右足の甲をさすってみせた。

「そうかい、そいつはついてねえな。柳吉を使いたいところだろうが、この話はまだ奴には知らさねえ方が好いな」

「仰る通りで……」

「だが、柳吉は好い男だな。大事にしてやるが好い」

「へい、ありがとうございます」

こうして、お直殺しの下手人の探索は先送りになったのだが、その矢先にまた新たな一件が起こった。

粂七と同じく、密偵として働いていた伝助という男が、何者かに襲われ殺害されていたことがわかったのである。

七

伝助は、雑司ヶ谷の香具師・黒塚の免三の身内であったが、兄弟分が一家の内紛に巻き込まれ、理不尽な制裁を受けて死んだことに憤り、一人で歯向かい、殴り込みをかけようとした。

その際、臨時廻り同心・野川兵衛に己が想いを文で報せ、

「あっしが死んだ後は、兄弟の仇をとってやってくださいまし」

と告げたのだが、野川は素早い動きでこれを阻止して、伝助を捕え、

「端からおれに任せておけ」

と、訴えを元に念入りに策を練り、遂には黒塚一家を壊滅させたのだ。

その辺りは、春野風太郎が粂七に施した流れと同じで、野川もまた伝助の心意気を買って、丸薬売りを表の顔として、密偵の一人に加えたのである。

以来、伝助は野川の探索に功をあげてきたのであるが、これを知った一家の残党が、伝助を襲ったのであろう。

四谷の家を出て、堀端にさしかかったところを、殺害された。

骸は堀川に落ち、やがて辺に打ち上げられた。その様子を見ると、一刀の下に斬られていたので、下手人は雇われ浪人と思われた。

取り調べに当った野川の許へ、風太郎は駆けつけた。

野川兵衛は齢四十五。老練の廻り方同心で、風太郎もよく彼に学んだ。性温厚で、聞き取りをする相手の緊張をたちまち和ませる話術と、辛抱強く調べを重ねるのが身上であった。

しかし、この度の一件には怒り心頭に発していて、

「おお、風さん、御苦労だったねえ」

風太郎を迎える表情も、強張っていた。

「こいつは、何者かがおれ達のなかに深く入り込んで、裏切り者の正体を暴き、それを金に替えている……。そんなところだろうよ」

風太郎は、条七殺しの一件については、逐一野川に報せていたので、野川も伝助のことが気になっていた。

しかしまさか、すぐにこんなことが起こるとは、さすがに思い至らなかった。

「条七と伝助の仇は、きっと取ってやるが、しばらくの間は、理由ありの手先達を、どこかへ移して守ってやらねばならぬな」

野川の意見に、風太郎も同意した。

「時に野川さん。蓑次郎の姿が見えませんが」

「ああ、奴は挫いた足がままならねえとかで、出てこられねえそうな」

「そういやあ、足を引きずっていましたねえ」

「よく働く奴だから、怪我もするだろうが、こんな時にいねえとは困ったものさ」

「蓑次郎の古着屋の番をしている柳吉は、なかなか好い男ですねえ」

「ああ、心根のやさしい男のようだな。もっと早く風さんに引き合わせておけばよかったのだが、まだ下っ引きとも言えたもんじゃあねえからな」

「野川さんに引き合わされる前に出会ったってえのも、こいつは何かの縁ですねえ」

「ああ。おれも驚いたが、蓑からは奴にお直という異母姉がいるとは知らされていなくて、二度驚かされたぜ」

野川は嘆息した。そして風太郎と、もう一度じっくり、この一件について洗い直してみよう。そうすれば光が見えてくるはずだと、互いの意思を確かめ合った。

するとその翌日。

風太郎が出仕すると、野川が浮かぬ顔で、同心詰所に誘い、

「あれから気になって、蓑次郎の許へ遣いをやったのだが、奴は長屋にいなかった」

と告げた。

「足を挫いたのが酷くなったと言っていたのでは？」

「左様。それなのに出かけるはずはないのだが……」

「柳吉は何と言っているのです」

「夕方に寿司を買って届けた時はいたと話していたのだが、奴はそれからどこかへ出かけたことになる」

「それで、朝になっても、長屋に戻ってはおらぬのですか？」

「そうなのだ。柳吉が案じて方々捜し廻ったそうなのだが、未だ姿を見ぬとか」

「余ほど大事な用を思い出して、足を引きずりながら出かけたのかもしれませぬが、何者かに連れ去られたとも考えられますね」

「このような時だけに気にかかる」

「御用聞きなどしている者は、人から恨みを買いやすいですから」

「気にかかるのは、それだけではないのだ」

「と、申しますと……」

「お直が殺されたと聞いて、おれの方でも、そおっとお直について調べてみたのだよ」

「そおっと……」

「お直が柳吉の異母姉となれば、蓑次郎が調べに関わらぬ方がよいかと思うてな」

「わかります。身内が関わると、情に惑わされますからね」

「すると、どうもおかしなことになってきた」

野川は表情を曇らせて、

「蓑次郎は、お直と情を通じていたようなのだ」

と、告げた。

「なるほど。そういうことですか」

言われてみて、風太郎の頭に閃(ひらめ)くものがあった。

悪婆のお直に引きずられて、やくざな暮らしを送っていた柳吉を、蓑次郎は、

「下っ引きとして使える男だ」

と見定め、お直との間に入って自分の手許に置いた。

しかし、その過程で蓑次郎は、お直の手練手管によって、籠絡されたと考えられぬことはない。

蓑次郎も女房を亡くしたばかりであったし、柳吉の身を案じる者同士、顔を突き合わす内にわりない仲になったのかもしれない。

そのうちに、かつて仲間を裏切り、今は役人の手先になって暮らしている者達の存在を、お直は知るに至る。

そうしてこの秘事は高く売れるはずだ、と蓑次郎に持ちかける。

色と欲の二道で、蓑次郎は粂七の情報をお直にもたらしたのかもしれない。

そもそも、粂七の今が知れたのは、円三の頃の彼を知る者が見かけて、そこから調べを入れたとは思い難かった。

となれば、風太郎や八丁堀の身内が流したことになる。

しかし、風太郎はそのように考えたくなかった。

疑いだせば、喜六をも探らねばならない。

風太郎は仲間を信じたかった。

その想いは野川兵衛とて同じであったはずだが、お直と繋がりがあったとなれば、柳吉にも蓑次郎にも疑いはかかる。

「風さん、おれもうっかりとしていたよ……」

野川は、まったく蓑次郎を疑っていない様子を見せた上で、他の手先、小者を動員してお直の男出入りを調べ上げたという。

すると、異母弟の柳吉だけではなく、お直のおでん屋には、蓑次郎も時折出入りしていたと、複数の証言を得た。

お直を快く思わない町の女達も多い。そういう女達はここぞとばかり、口を揃えて、お直と蓑次郎は情を通じていたと言う。

妬みや恨みもあるだろうゆえ、一概には信じられないが、お直が蓑次郎と並び立つところを見た限りでは、

「あの二人はきっと好い仲だよ」

と、陰で噂をしあっていたらしい。

蓑次郎も強面の御用聞きであるから、脛に瑕持つ者達は表立って口にしないが、人当りのよい野川が相手だと、誰もが安心して打ち明けたのだ。

「野川さん、蓑次郎は手前の方から姿を消したのかもしれませんね」

風太郎は、野川に気になっていたことを告げた。

蓑次郎は、足を引きずっていた。

本人は見廻り中に挫いたと言っていたが、よくよく思い出してみると、蓑次郎の足袋には、足の甲の辺りに血が滲んでいたような気がする。その時はさして気にも留めなかったのだが、今考えてみれば、挫いた際に出来た傷には見えなかった。

何か細い尖った物が突き刺さり、その傷跡に血が浮かんだのが点となって足袋に滲んだと思われた。

そして、お直が殺された前夜、蓑次郎がいつものように歩いていたのを、多くの者が見ている。

お直が殺されていた場を検分すると、彼女の右手には銀の簪が握られていた。簪は血塗られていたが、これはお直の血ではなく、お直が下手人と揉み合った時に、相手を刺して付いたものではなかったか。

凶刃に倒れたお直が、最後の力を振り絞って、蓑次郎の足の甲を刺した——。

つまり、蓑次郎がお直の口を封じるために彼女を殺害したのだ。

「初めは殺すつもりはなかったのかもしれませんがねえ。思いもよらず、匕首の丹蔵が捕えられた……」

「なるほど、風さんの見込みは合っているはずだ。そこからお直が洗い出されてしまえば、蓑次郎が関わっていると知れてしまう。それで奴は先手を打ってお直を殺した……」

「野川さん、伝助のことを売ったのも蓑次郎でしょうか」

「恐らくはな。粂七と二人分なら百両くらいになろう。その金を手に、どこかへ逃げてやろうというところかな」

風太郎と野川は、互いに考えたくなかった方向にことが進んでいるのを苦々しく思いながら、しばしこの先をどうするか、智恵を出し合った。

蓑次郎の失踪は、何者かに連れ去られたように自身で偽装したもので、探索の目を逸らし時を稼ごうとしているのであろう。そして、足を引きずっている状態では逃げ辛いので、その間に傷を癒さんと、まだ江戸のどこに潜伏しているのではなかろうか——。

風太郎と野川の考えは、そこで一致したのである。

八

古着屋の店番を任されていた柳吉であった。

臨時廻り同心・野川兵衛からは、

「どうやら蓑次郎は、伝助を裏切らせた張本人だと思われて、黒塚一家の身内から命を狙われ、連れ去られたようだ」

と、蓑次郎の失踪について聞かされた。

柳吉は、まだ下っ引きともいえない身で、蓑次郎からも粂七殺しと、伝助殺しについての事情を知らされていなかったのだが、一連の騒動から、野川兵衛によって、一通りを知らされることになった。

「親分のことですから抜かりはないと思いますが、いってえどういうことなんでしょうねえ」

柳吉は異母姉が惨殺され、さらに自分を泥沼から救い出してくれた恩人の俄な失踪に、塞ぎ込んでいるように見えた。

それでも野川には、

「あっしのような半人前の男が、口はばったいことを申しますが、どんなことでもいたしますので、お役に立ててくださいまし」

と、親分がいない今は、指図を乞うていた。

それに対して野川は、

「お前の今の気持ちはよくわかる。思うように動いて、何か手がかりを摑んだら、おれに報せてくれ」

と応えた。

あくまでも、春野風太郎と共有している、これまでの調べは伏せていた。

柳吉の複雑な胸中を慮(おもんぱか)ってのこと――。

いや、そうではなかった。柳吉の出方を見定めんとしたのである。

あくまでも自分だけの判断で動いてみろと、野川に任されて、柳吉は張り切っているように見えた。

しかし、風太郎が喜六に柳吉をそっと見張らせると、彼の動きはどうも解(げ)せなかった。

何度も赤坂界隈に足を運び、新町三丁目の空き家の周囲を窺うと、時折家の中へ入ってまたしばらくすると出てくるのだ。

そこは、以前に蓑次郎が張り込みのために家主に頼んで使っていたところであると知れた。

それから先も、

「まだしばらく借り手もつかぬと思いますので、ご休息とか、繫ぎの場にお使いくださいまし」

との申し出を受け、密かにこの家をそのように使っていたのだ。

蓑次郎が何者かに連れ去られたとすれば、まさか、このようなところにいるはずもないだろうが、柳吉はここに何か手がかりを求めているのであろうか。

二日ばかりそのような動きを見せていた柳吉に対して、野川はまったく構わず、させるがままにしていた。

そして三日目のこと。

柳吉が空き家に入ると、そこに春野風太郎がいて、土間の上がり框に腰かけていた。

「旦那……」

柳吉の足が竦んだ。

誰かに見張られているかもしれないと、気は付けていた。

だが、まだ下っ引きにも成れていない柳吉である。喜六達風太郎の手先は、彼に気取られずに様子を窺うくらい、わけもないことであった。

柳吉は野川の手先の顔は見知っていても、風太郎の手先とは面識がないので、容易く見張りを許してしまったのだ。

「蓑次郎はここに金を隠していたのかい？」

風太郎はにこやかに問うた。

柳吉の足は竦んだままで、声も出ない。

「床下に穴を掘って、百両ばかり埋めてあったかい。お前は怪しまれねえように、少しずつ穴を掘って、そいつを取り出そうとして、今日が取り入れってところだな」

「旦那……、何のことでございましょう」

柳吉はやっとのことで応えたが、声は震えていた。

「粂七を丹蔵に売った金と、伝助を売った金だよ。お前はそいつを蓑次郎に届けてやるつもりなんだろう。つまるところ、お前は蓑次郎の居処を知っているってわけだ」

「仰っていることが、まるでわかりませんや」

柳吉は口を噤(つぐ)んだ。

「お前は余ほど蓑次郎が好きなんだなあ……」

風太郎は嘆息した。

野川は、柳吉が一途に蓑次郎を慕い、ひたすら仕えている様子を何度も目にしてきた。

悪縁の異母姉にさえ、従順ともいえるやさしさで接してきた柳吉は、肉親の愛情に飢えていたのであろう。

しかし、同時に誠実さを持ち合わせていた彼は、やくざな暮らしに陥(おちい)ってしまった自分を恥じていた。

そこから救い出してくれた蓑次郎は、父、兄の如(ごと)き存在となったようだ。

そのような柳吉の想いは、蓑次郎が誰よりもわかっているはずである。

誰よりも信頼できる僕(しもべ)と化した柳吉を使って、蓑次郎は逃亡を企むかもしれない。

野川はそこまで予見していて、風太郎に柳吉の取り調べを託したのだ。

「蓑次郎は、お前の異母姉を殺し、粂七と伝助を売った金を持ち出して、用心のために隠した。だが、野川の旦那に怪しまれていると察して、すぐに姿を消した。お前に、金を持ってきてくれるように頼んでな」

「さて……。存じません……」

「家捜しすりゃあ、金は出てくるはずだ。知らねえとはいわせねえぜ」

「あっしはここに何か手がかりが残されてねえかと……」

柳吉は言いかけて黙りこくった。

風太郎は何もかもわかっている。

わかっていないのは蓑次郎の居処だけで、柳吉がそれを告げれば、密偵殺しの一件は落着するのであろう。

だが、柳吉はそれを口が裂けても言わぬと心に決めていた。

「お前の覚悟は、男として立派なものだ。蓑次郎のように仲間を売ろうとはしねえ。だがよう、奴はお前の異母姉を殺したんだぞ。そいつをお前は知っているんだろう？」

「もし殺したとしたら、あっしをがんじ搦めにしていた姉から、守ってやろうと思ってくださったのでしょうよ」

「だから、殺したとて何の恨みもねえってことかい」

「こいつはみな、姉の身から出た錆でございましょう」

「蓑次郎をそそのかしたお直が誰よりも悪い。だがな、蓑次郎はとどのつまり、色と欲に溺れた極悪人だ。野郎のために御上の御用を務めていた男が二人殺されたんだぜ」

「極悪人ということでは、あっしも同じでございます。そんなあっしを親分は拾ってくれた……。古着屋の店番をしながら、御上の御用の真似ごとをさせてもらった毎日は、短い間でございましたが、この上もなく幸せでございました。ろくでもねえ父親を持ち、母親のありがたみを嚙み締める間もなく独りになっちまったあっしが、初めて人の情けを知ったのでございます」

「その恩ある人を裏切りたくはない。裏切れば、この先何を信じて生きていけば好いのかわからねえ……。お前はそう言いたいんだな」

「仰る通りでございます」

柳吉の顔に朱が差した。

「だが、そいつは了見違えだ。蓑次郎はお前に情を注いだんじゃあねえ。お前の気性を見抜いて、どこまでも裏切らねえ狗として飼い慣らしたんだよう」

「親分は、そんなお人じゃあござんせん」

「そんならどんなお人だ？　あの野郎が、お直の誘いに乗らなかったら、粂七は殺されなかった。女房のおむらは後家にならずともすんだ。丹蔵も人を殺さずにすんだ。伝助も死なずにすんだ。お前も危うく悪事の片棒を担ぐことになったんだ」

再び柳吉の顔に苦悩が浮かんだ。

自分を慈しんでくれる者に尽くす。それが柳吉の生きる道標となってきた。その相手が困っているなら、理由の如何にかかわらず、助けてこそ柳吉の心は落ち着くのである。

まさしく狗のような性質である。だが、人は生まれ育った境遇によって、生きる術は違うものだ。

風太郎は、亡父・雷蔵から、

「人ってものは、それぞれ生き方に理屈がある。そこをよく心得ておかねえと、何も見えてこねえよ」

そう言い聞かされてきた。

柳吉が、生きてきた中で、彼にとっての正義があるはずだ。

「それを突つくのだよ」

雷蔵が生きていたら、きっとそう言うであろう。

柳吉の正義は、自分を慈しんでくれる者に尽くすことだが、そこに人へのやさしさがあった。

「お前が運び届けようと思っている金は、まっとうに稼いだ金じゃあねえんだ。こいつを届けたら、奴は、お前もついてこいと言うだろう。そうなりゃあ、お直がお前に付きまとったのが、今度は蓑次郎に代わるだけだ。そうは思わねえか」

「そいつは……」

「今度はそこから、おれがお前を助け出してやる」

「旦那……」

「おれを信じろ。お前とは会って間がないが、人には知り合ってからの時の長さなど、何の値打ちもねえさ」

風太郎は、ここを先途と柳吉に迫った。

柳吉はまた沈黙した。

ここに至って、自分はどうすればよいのかわからなくなってきたのだ。

思えば誰かを信じ、その誰かに言われるがまま動くことしか出来なかった。

そして今、彼の心を揺らす人が現れた。

柳吉は、へなへなとその場に座り込んだ。

「どこまでも慕う相手のために口を割らねえ……。まあ、それも好いが、人様のために心を鬼にするのも立派な生き方だ。おれはお前を悪いようにはしねえが、どちらにするか決めるのはお前だ……」

風太郎の口調は、どこまでもやさしく穏やかであった。

九

御用聞きの蓑次郎が、本芝二丁目の浜辺にある船小屋に潜んでいるところを捕えられたのは、その日の夜であった。

柳吉は、すべてを春野風太郎に打ち明けた。

ことの流れは凡そ、風太郎と野川兵衛が推測した通りであった。

柳吉をお直の呪縛から解き放ち、古着屋を手伝わせ、己が乾分にした蓑次郎であったが、その後、お直は何かというと、

「親分、あたしを助けておくんなさいまし……」

今度は蓑次郎に付きまとうようになった。

柳吉は、親分にひたすら忠勤を誓いながら、

「親分のお力で、姉さんを立ち直らせてやってくださいまし」

と、ただ一人の肉親への想いを口にした。

蓑次郎は、任せておけと胸を叩いた。

この時のことを蓑次郎が述懐するに、忠犬のように仕える柳吉のために、もう

一肌脱いでやろうと思ったが、お直に構ううちに、

「あの女の術中にはまってしまいました」

であったそうな。

御用聞きの務めとして、お直に向き合うつもりが、男と女の痴情にはまり、更生させるどころか、

「親分、後生だから、何も訊かずにお願いしますよ」

と頼まれると断り切れず、それがお直の悪事の片棒を担いでいることだと知りつつ、御上の御用をひけらかし、お直に便宜を図ってやるようになった。

お直は蓑次郎に身を投げ出し、金を渡し、これに応えた。

柳吉も、お直から渡される小遣いに迷ったことがあったが、蓑次郎も女房、子供のいない気楽さから、次第に色と欲に溺れ、

「こうなったら、親分とあたしは一蓮托生だねえ」

と言われると、お直から離れられなくなっていったのだ。

柳吉は、お直が多情な女だと知りつつ、蓑次郎によって身持ちが定まったと喜んでいた。

そしてこの二人がいかなる悪事に手を染めているかよく知らぬまま、異母姉を

慈しんでくれる蓑次郎への忠誠をさらに深めていったのだ。

とはいえ蓑次郎も、〝悪婆〟と言われているお直とは、表向き堂々と一緒にいるわけにはいかない。

柳吉を通して繋ぎを取っていたのだ。

しかし、お直が御上の御用を務める密偵達の素姓を、悪党達に売ろうと持ちかけてきた時は困惑した。

御上の狗となった者を見つけ出し、復讐しようとしている相手に、己が仲間を売るなど罪が重過ぎる。

「そんなことができるものか……」

蓑次郎は、撥ね付けたが、

「何を言っているのさ。今は御上の御用を聞いているかもしれないが、元を正せば獄門台に上がっていてもおかしくない奴らなんだよ。仲間を裏切って、のうのうと生きているようなのが一人二人いなくなったって、誰も悲しまないさ。二人だけ、二人だけで好いから売っちまおうよ」

お直は尚も迫った。

二人分売れば百両くらいになるだろう。

それだけあれば、蓑次郎、お直、柳吉の三人で、上方へでも行って、のんびりとした暮らしが送れるではないか――。

日々の暮らしに倦んでいた蓑次郎は、旦那である野川兵衛の目を抜いて、いつまでも悪事を続けられるものではないと思っていた。

これを最後に、野川に暇乞いをして、すっきりと心地よく暮らしたいと思うようになっていた。

そして、条七、伝助の情報を手に入れ、お直にもたらした。

ところが思いがけず、匕首の丹蔵がすぐに捕えられ、蓑次郎は焦った。

それと同時に、お直への恐怖が募った。

この女と関わるとろくなことがない。

いよいよ身の破滅が近付いてきた。恐怖は怒りへと変わり、蓑次郎は口を塞ごうとして、そっとお直を訪ね殺害した。

その時、既に条七ともうひとつ、伝助の情報をお直は黒塚一家の身内に売っていた。

条七殺害とほぼ同時に、伝助は刺客に襲われ命を落した。

こうなると、老練の同心・野川兵衛は密偵の秘事を外に漏らしている者の存在を疑うであろう。

さらに気鋭の同心・春野風太郎が、早速、古着屋に柳吉を訪ねてきた。

すぐにでも逃げたかったが、お直を殺害した折、

「この外道が……！」

お直に簪で右足の甲を刺されていた。

足を引きずり、金を奪って外へ出たものの、傷は思った以上に深く、筋をやられたか、まともに歩けない。

敏腕同心達は、すぐに自分を追い込んでくるであろう。

家に大金は置いておけなかった。咄嗟(とっさ)に赤坂新町三丁目の空き家を思い出した。

そこなら、お直の家からもほど近い。

まず床下に隠し、足を引きずりながら、やっとのことで長屋へ辿りついた。

その夜は血塗られた着物を、細かく切り裂いて処分したが、お直の顔がちらついて眠れなかった。

こうなると、今すぐにでも姿を消してしまいたかった。

とはいえ、この足では遠くへは行けない。

一旦、怪我を治してから逃げよう。

逃走するにも金が要る。一人では不安であった。

そこで柳吉にすべてを託そうと考えた。

まず、誰よりも先に柳吉に、

「お直が殺されたぜ。このままではおれが怪しまれる……」

と、嘘をついた。

「おれは、お直の悪事にいくつか手を貸していたから、何れおれの身は危なくなるだろう。柳吉、今のおれはお前だけが頼りだ。助けてくれるな？」

こう言えば柳吉が自分に付いてくるであろうと信じていた。

柳吉は、お直を殺したのは蓑次郎だと薄々感付いていたが、誰よりも異母姉の煩わしさ、恐ろしさを知る彼は、蓑次郎が殺したとて責められまいと思った。むしろ、お直によって蓑次郎は身を持ち崩してしまったと、申し訳なく思っていた。

柳吉は、どこまでも自分を頼りにしてくれる蓑次郎を裏切れなかった。

姿を消す前に、そっと耳打ちされていた通り、隠してある金を床下から数日にわたって掘り出し、それを手に蓑次郎の潜伏先へ向かうつもりが、春野風太郎に捕えられたのである。

かった。

　だが、風太郎の説得にも拘(かか)わらず、柳吉はその場で蓑次郎の潜伏先を明かさなかった。

　風太郎はそれを責めなかった。

　野川は、拷問にかけてでも口を割らせたらよいと言ったが、風太郎は己が意地にかけても、柳吉の意思で話させたかった。

　そうすれば、柳吉はやり直しが利くであろう。

「柳吉、お前はどこまでも恩ある人を裏切らねえ。偉(えれ)えよ。仲間を売って金に替えた蓑次郎とは大違えだな」

　風太郎は逆に柳吉を誉めてやると、

「ちょいと付き合え」

　柳吉に縄を打つわけでもなく、彼を青山梅窓院裏手の墓所へ連れていった。

「旦那、ここは……」

「殺された粂七の墓だ。せめて墓参りに付き合え。粂七はお前と違って、仲間を裏切った男だ。だがな、この男は平気で人を殺す頭が許せなかった。だからおれに訴人(そにん)した。手前の命と引き換えにな。どこまでも口を割らねえお前も偉えが、こいつも偉えとは思わねえか」

「あっしなんぞは何も偉くはありませんや」

「何でも好いや、一緒に参るんだ」

風太郎が手を合わせると、柳吉もこれに倣(なら)った。

すると、そこへ一人の町の女がやって来て、

「旦那、来てくださったのですか?」

涙ぐみながら頭を下げた。

粂七の女房のおむらである。

「ああ、こいつは柳吉といってな。御上の御用を聞いている男だ。粂七の御利益(ごりやく)を分けてやってもらいてえと思ってな」

「左様でございましたか。粂七の女房のむらでございます。うちの人も喜びますよ。生まれてくる子が男なら、柳吉さんの乾分にしてやってくださいな」

柳吉は当惑して、

「生まれてくる子……?」

と、おむらを見た。

「ええ、お腹にいるんですよ。あの人が死んでからわかったなんて申し訳なくてねえ……。だから毎日、ここへ来て様子を報せているんですよ」

「さ、左様で……」

柳吉の目から、どっと涙がこぼれ落ちた。

「旦那……、何もかもお話しいたしますでございます……」

震える手を合わせながら、柳吉は神妙な面持ちとなって風太郎に、蓑次郎の潜伏先を告げたのであった。

蓑次郎は捕えられた時、

「そうですかい。柳吉が吐きましたか……」

これですべてが終ったと、どこか晴れ晴れとした顔をしていたという。

野川はゆったりとした口調で、

「風さんは好い同心になったねえ。お前が見込んでくれた柳吉は、おれの手許に置いて、人様の御役に立つように仕込むつもりさ」

と、告げたそうな。

早晩、伝助を殺害した者の正体も知れよう。こちらは野川に任せておけばよい。

そうして風太郎は、またいつものように喜六を従えて、市中を見廻る日々に戻った。

御用聞きの不祥事で、密偵二人が命を落したのであるから、喜六はいつもより言葉少なで、表情も暗かった。

「あの蓑次郎がねえ……。やっぱり旦那、魔がさしたんでしょうかねえ……」

「さあ……。ふっと、どこかへ消えてしまいたい……。そんな想いに捉われたんだろうよ」

「なるほど、わかるような気がしますよ。生きていくってえのは面倒くせえや」

「それでも、人は生きなきゃあいけねえんだなあ」

「生きて死ぬために、生まれてきたってわけですか」

「そうだよ。そこに理屈を欲しがるから、いけねえのさ」

「でも旦那……、毎日の暮らしに何か楽しみを見つけてえもんですぜ」

「ふふふ、そうだな。見廻りの道順を変えてみるか」

「ささやかですねえ」

「つべこべ言うんじゃあねえや」

付き従う小者の竹造は、静かな笑みを湛えながら、風太郎の後に続いた。

早春の冷たい風が、強い日射しに幾分、やさしくなったように思われた。

※本作第一章「きつね」初出
二〇一六年四月　祥伝社文庫刊『哀歌の雨』
（収録作「風流捕物帖〝きつね〟」）
第二章から第四章まですべて光文社文庫書下ろし。

光文社文庫

文庫書下ろし／長編時代小説
春風捕物帖（しゅんぷうとりものちょう）
著　者　岡本（おかもと）さとる

2024年10月20日　初版1刷発行

発行者　三宅貴久
印　刷　萩原印刷
製　本　ナショナル製本

発行所　株式会社　光文社
〒112-8011　東京都文京区音羽1-16-6
電話（03）5395-8147　編集部
8116　書籍販売部
8125　制作部

ISBN978-4-334-10465-8　Printed in Japan

組版　萩原印刷

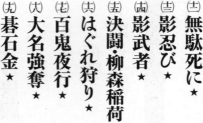